やがて季節が変わり
嘴も神話も生まぬ
わたしの暗闇のなかへ
雄鳥の叫びの記憶にかわる
何をむかえ入れるのだろうか

現代詩文庫 223

思潮社

水田宗子詩集・目次

詩集〈春の終りに〉から

装幀・菊地信義

詩篇

詩集〈春の終りに〉から

冬

そのむこうにもう一つの季節
冬があることを知りながら
わたしはこの曠野にとどまろうとする
ここは毎晩部屋の窓から見た曠野
赤い大気を残してゆく太陽
その太陽を追って鳥々が散乱してゆく時
風は下へ下へと吹き
やがては暗い夜になる
このしじまの中で
割れた腹そのまま
たしかに頭脳を通る血の鼓動を
数えることのみが意識であるわたし
日暮の窓から

毎晩わたしはその絵を描きとる
毎晩たんねんに書き入れ
やがてはお前の部屋にその絵をかける
お前　怠惰な誘惑者
数々のロマンティックな息吹から
ぐず〳〵とわたしをこの曠野に追いやった者
お前のために
わたしはこの曠野のわたしを窓の外に見る
わたしはこの絵をお前の部屋にかけ
わたし自身みずからの足で
この曠野の石となること
それは高らかな復讐だ

ああしかし
来てみるとこの曠野にしじまはない
わたしはあわてて割れた腹をつくろう
そして確かに頭を流れる数々の意識
とりわけ螢光灯や
コーヒー店の肌のにおい

何と素晴らしい記憶の断片――
お前　執拗なる計画者
いそいそと立ち去ろうとするわたしの前に
お前はわたしの絵を置く
この悪臭の曠野から
鳥の様にはばたいて
太陽を追う旅に出ようとしていたわたし
お前　冷酷なる追求者
わたしは絵の中の赤い腹を見つめる
やがてもう一つの季節
冬が来ることを知っているわたし
お前の計画のすべての結果の中で
わたしの絵の前で
この悪気の曠野の中で
みずからここに止ることは
お前が最も嘲笑したことだ
だからこそわたしはここにとどまろうとする
冬をむかえ
やがていつかは

この曠野からぬけ出すことを
冬のさなかに
高らかに手をふりつつ行えるように
わたしは黙ってたくらんでいる
お前　高らかな勝利者

挽歌

一人が覗くので
一人は知らぬ顔をした
降下する肉体の抵抗に
わたし　二人を触わる事が出来なかつた
想像の狂いのなかで

一人は赤道の様に露出し
一人は石炭の様に陰蔽し

わたし　触わる事が出来ないので

加速度に粉塵する神経のファブリックを
舌の先でなめようとするのだが
舌は肝臓の様に硬化し
蠟にまみれて亀裂し
触手は脱皮をすることがない
わたし　義眼をなげすて
あらゆる自我の肢足を放棄して
葡萄菌の複在に転化する
それでも一人は火葬の火となって覗き
一人は蛆虫の秘密を固守する

接点に触れる事のない降下
そこには横切る子午線もなく
押寄せる宇宙線もない
湿ってゆく回復もなく
呼びおこされる慟哭もない
わたし　分泌腺を立ち切り
排泄管をきりさいて
抵抗の少ない破片になろうとする

塊をほどかれて肉体は
胆石の群星となり

円筒の空間を落下する時
一人は饒舌の網膜となり
一人は寄生虫の粘液となり
春の様に表面化し
腐爛のように押し黙り
わたし
柩のない埋葬に
二人に触れる事は出来なかった

春の終りに　TSEの亡霊

鱗のある眼が覗いている
わたし　いつまでもつめたい

わたしとてもつめたいので

しっかりとあなたを摑もうとすると
あなたは胃酸過多
甘いものも酢つぱいものも
ゲブゲブと吐き出してしまう沼地
神経質に
食前食後に胃薬をのみつづける

〝振りむきたくない〟といった昔から
今はしっかりと振りむいているのに
振りむいたまま止ってさえいるのに
何の舞台装置もなく
アリストテレスもいないドラマは
海とも砂漠とも見え
永遠とも無とも見え
イメージを残した詩人は
筵をかぶって逃げてしまったので
わたし　振りむき直る事も出来ない
それで　仕方なしに
大きな空間を羅針盤にでも見たてようとする

喜望峰を見つけた航海でもいい
大きな鯨に見込まれた航海でもいいと
数字の散らばる大きな羅針盤
突然　順列の方法を喪失してしまった
思い出そうという行為は
喪失と忘却の証明なので
それすら出来ない行為と
わたしは失われた言葉の総合体

つめたいわたし
黄色いあなた
第一象限と第三象限
わたしは振りむいたまま
あなたは前こごみのまま
二人三脚
ごっこ　同志よ！
もう春は終つたので
春は終つたので　それから

残酷な春も
反ユダヤ主義の春も
春は終ったのでそれから
陶酔の苦悩はいたらなかったので
パーティも酒不足だったので
それから
小人が好みのサイキアトリストも
二人を一緒にして置くことが出来なかったので
それから
人間の限界は何遍も受け入れて
限界だらけになり
限界そのものになり
限界の只中にかくまってもらう事になったので
それから
葬式は盛大にやってもらえればそれが本望です
デモなどもあればそれが本望です

しかしあくる日　あなたは又発作をおこすだろう
尼寺に入れて下さい
いや、病院に入れて下さい
いや、国会に入れて下さい

それで　鱗になったわたしが覗いている
あなたの前こごみになった体
流れ出る黄色い胃液と
しっかりと握られた胃薬
もう方程式がないとして
弁証法がロシアに行ってしまっていて
あとは突然変異を待ちましょうと
あなたはかけた歯の間から
同志に囁いている

ある方程式

おまえはある時
一つの方程式をみせて言った
この回答は

処女の奇蹟のように突然
花びらのようにしめり気をおびて
おまえの体をとらえるだろうと

けれどおまえは
あるときは朗らかに肩をすくめ
あるときは
音をたてて崩壊する胸骨を
両手で支えながら
方程式をひょいと棚にのせてもみる

おまえは気儘なので
共犯者などいらない
他人達の指の間からこぼれ出たのだから
おまえは罪を告発されても
笑いとばしてしまうだろう
おまえは恐怖の限界を越えたつもりでいるので
予見不可能などと
悲劇的なジェスチャーをしない

おまえはもう
還元されない存在と思っているので
ベールをはがされることも
黒いベールを思わせぶりにかぶることにも
少しも関心がない
おまえはもう羞恥のあとに決心したのだから
自分を危険のない
宇宙のなかの星のように感じている
すべての死体解剖所に
予約がとってあった
もうすべてが見透しなので
自分の死には心配ないが
それでも今死者と向きあって
暗い口から出てくる
未練がましい繰言をきいてやろうとしている
だが
夜明りの光が一条入ってきた部屋で
おまえは別れと告白の情緒すら
客体化してしまった

だから聞いたって
カルテに記すだけだ
それなのに
相変らず
方程式を棚からおろし
無雑作気に小脇にかかえて
ルルドの泉まで歩いてゆく気らしい

季節の終り

終ろうとしない季節の口吟み
噬《は》み疲れた舌の襞の
伸びようとする間に
素早い定着の瞬間が
創造と崩壊を裏切る

喪服に身をつつんだ老婆が
跛足をひいて立ち去りかねる

抜け切った歯をもつ老婆に
咀嚼の方法は無限に迫る

老婆の内皮は
蠕動運動をやめようとせず
血は粘液となって
障害物をなめつくす
老婆には足首がないので
大地との間には接点があるばかりだ
永劫に瞬時の接触には
意志もなく　苦痛もない
老婆が昔生み落した
形のない固体の群れが
老婆の現在をなくし
老婆の外在となるので
老婆には喪服の不眠があり
季節風は吹きやんで久しいが
細胞の咀嚼は破片のなかでも続く
拡散のままに存続する季節の終り

主観への依存はないが
死の結晶への急転下もない
空間はなく
平面があるばかりの
季節の終り
雲が来て　雲が去り
雨が降り　雨が止む
三角洲のない氾濫に
溺れることもない
季節の終り

食卓

それで
わたしたちは又新しい晩餐会を計画するだろう
タイル張りの食卓には滑らないように布をかけ
賑やかにするために輸入品の葡萄酒も用意して
わたしたちは互いに向きあって坐り
だが目をそらしあってはじめるだろう
二人して終るための
新しいたくらみを又はじめるだろう

植物化した手足が食卓の上を這つている
食卓の表面にはタイルが張ってあるので
植物は樹液を下すことが出来ない
わたしの身体《からだ》はいつまでも蠢めいてそれをみつめ
あなたは食卓の下の生殖する海底を想像する

わたしはみつめる行為をもって来
あなたは想像する意志をもって来た
外在する対象のない企み
しかしたしかにわたしたちの新しい食事
わたしたちは料理をあれこれと批評しながら味わい
内につめる事だけを企て
そしてもうわたしたちは排泄を夢みないだろう
わたしたちはもう坐ったままでいるだろう
　わたしはすっかり清算してきた

あなたは何もかも暗記してきた
わたしたちは食卓を間に
鳥々のように羽搏いて交感しあい
終りのリズムのない合体のために
輝きもせず即座に腐爛をはじめるだろう

しかし昔
とあなたは語り出したのだった
お友達の話をして
とわたしはねだったのだった
〝それで海へ下りていったのだ〟
とあなたは大昔の話をした
知っているお友達の話をして
とわたしは正したのだった
わたしたちは魘寄って抱きあい
わたしたちはクローズアップ
わたしたちは一九三〇年代の俳優
精神分析も信じた
とあなたは涙を流した

今度は立派になしとげようとわたしたちは誓ったのだった
多くの人々に精液をわけ与えてしまってから
あなたは人工創造の研究に没頭する
あるときは自動筆記で成功をしたし
あるときはエンサイクロオピデイア・ブリタニカの片すみに見つけた
あなたはあれこれと翻訳し
何度も清書し
声をあげて読み
夜は抱いて寝たりして研究をおしすすめる
わたしはあなたの保証人
わたしはあなたの寄生者
わたしはあなたに幸福をあずけた
わたしはホーソンの妻
神に誓ったあとでいくらでも嘘の云える証人
それで
毎朝あなたの研究をみつめに出かけてゆく

蓄えられた筵の下から這い出し
地下鉄を乗りかえてあなたの研究を見つめにゆく
泣きつづける父親の側や
唾腺の乾いた水道工事人の側にかけつけさえすればよい
　わたし　ノートをとる必要もなかった
　わたし　カメラやマイクロフォンもいらなかった
　わたし　たしかめるために触れる必要もなかった
　わたし　意識の文学を信じていたから
わたしは神話的人物
見る人の原型
わたしは偉大になり胸を張り頭を振りまわし
切り開いても切り開いても目の出て来る化物
わたしは表出を放棄したので
戯れに内心こっそりと
イメージへの変身を夢みる
そこでわたしはついにみえなくなって駆け出し
声もなく歓喜の叫びをあげ
人々の埋れた記憶に遍在する
　わたしはアルベルチーヌ

数々の寝言
わたしは思いのままだ
　わたしは感情家の総監督
人々とわたしの間には果てしない情緒だけが
むくんだ時となってただよい
過去は濡れたハンカチ
わたしも誘われて身上話をし
さめざめと泣いてしまった
だから　夕暮
わたしはあなたの許に帰って来る
ペネロピのようにおとなしく
女たちを妬み
たたえられた乳房の奇蹟を信じて夜は寝る

タイル張りの食卓にはいつか吹出物が出来
腫は〝白い建物〟をつくる
料理を待ってわたしたちは姿勢もくずさなかったのだ
植物化した手足は万年の生涯を終えようとしている
あなたの想像は又いつのまにか対象のすりかえを終えた

それでもあなたは想像の行為を続けようとする
わたしはいつでもその証人
しかしわたしに入廷資格はないので
わたしは又いつか白内障の手術をすればいい
実証方法に欠けていた
と気が弱くなってあなたは自己批判をし
わたしは
暗い暗いとサムソンのように云ってみた

それでも思い直して
何とうれしそうにあなたは
身体の最後のフォームまで犠牲にしようとしているのか
従順なアルゴス
沢山のお呪いを口早に唱えたあとで
あなたはいそいで食卓につく
あなたは出て来る料理をすっかり終らせようと
胃壁に力を入れていたかも知れない
遅い料理にいらいらして
フォークやナイフをガチャガチャならしていたかも知れ
ない
あるいはそれすらあなたが望んでいた想像なのかも知れ
ない
もう身体でないあなたは
食卓の上のフォークになって
一緒にガチャガチャと音をたててみたり
あるときは白いテーブルクロスになりすまして
食卓の上に広がったりするのだ

記憶 Ⅰ

夥しい光によってもたらされる
分娩の狂乱はまだ来ない
皮膚に滲んでくる血潮が
かすかな予告をつげるだけだ
待ちわびる街筋に
わたしは一つの足音の風景をつくる
確実にやってくるはずの

そして近づいて影のように
わたしと同化するはずの

わたしは遠のいてゆく夜の苦痛に
叫びに愕いて拡散してゆく鳥々の背後に
うずくまり停止し破壊する一瞬を
虹のようになげかけよう

そのあとを追って
朝光は街々に到着し
人々の不眠の瞼のうえに
真昼の期待をおきはじめるだろう
走りよる美しい主婦達の微笑みが
喧しい創造の初声を飾りたてるだろう

その中をわたしは走ってゆこう
消えていった苦しみを追い
眩しい夜の幻覚を求めて
逃げおくれた記憶の街路を走ってゆこう

夢の分娩を追って

記憶 Ⅱ

ふり向くと
白い太陽がおまえを虚ろにする
おまえはもう
虹を鮮やかに反映する海へ背をむけたまま
時間の網目をかきわけながら
豊漁のドラが消えていった
曠野へ歩み出ようとする
あの夜の白い胸の女たちは
それぞれ波間から還ってきた男たちと
海藻にくるまれて
獲漁と生殖の祭
夜の正統を謳歌した

はね返る魚群や

大漁を祝う姑たちの酒宴をのがれて
おまえは闇の幼魚と交感しながら
ほんとうに復讐を夢みていたのか

男は
聖火を背にして
祭の中心に立っていたのだ
美しい二人の息子に
勝利の釣竿を渡すと
珊瑚で飾られた妻をたずさえて
終りのない海沿いの道を
調和をめぐり生をめぐって去っていったのだ

時々男の背を沢山の波が彩るが
男はまだ海の記憶に身を委ねることはない
おまえはその夜を
殺された多くの魚の間で寝たのだ
鱗はおまえの体を銀色に飾り
開かれた多くの目が

おまえを海の諂いから守ったのだ

朝　仰々しい身振りの鳥たちや
家から一斉に出てくる子供たちの中を
おまえは村から出てゆく
長い白昼があるに違いない
やがては正確に時がきて
海女たちは海へ下りてゆくだろう
男たちは夜釣りの緊張のまえに
やわらかい茶色の身体を
浅い眠りのなかに押し広げる
姑たちは
重い網をかかえて砂浜に重く坐り
永遠の修繕にいつものようにとりかかるだろう

しかしおまえは
消えていったドラの土地へ
谺も残さぬ影の谷へ
出発してゆく

最後の海の祝祭を
大漁と生殖の祭をそこに埋めるために
やがては
折れた指々と
奇型の幼魚たちが
その谷から復活するだろう
その時こそ
男は海の記憶に縋らねばならない
おまえが埋めてやった冬を発掘し
何か手がかりを摑もうと
その時
男の記憶はもうおまえの記憶でしかない
老いた漁人の記憶ではなく
黒い子宮と化した海の記憶なのだ

卵

ざらざらとした殻が割れ
黄色いふくらみが
半透明の凝液体に執拗に守られて
浮いている
生命が
やがて黄色に凝固するのか
あるいは
長時間冷凍にされた屍骸が
粉をふいたようについにくずれるのか
不確かな予感の前に
女はふとある日、卵を料理する手をやすめる
殻を破ってはみ出した
何者かの卵は
明確に半円を描き
白い蛋白質に堅固に守られ
黄金色に光った奇形児のように
象徴すら与えることを拒んで
浮動する
女はこうして
生命とも非生命ともつかぬものに

火を通しつづけてきた
生を明らかに知らせるのか
死を明らかに知らせるのか
決して判然とせぬ一瞬を
女はその労働の報酬として保ってきた
卵は
その原初的な液体状のなかに
答えを与えることはなかったが
境をこえる一瞬だけは
あたかも黄色い結晶であるかのように光って
女にははっきりと示していた
女はその恍惚に
その孤独に
我を忘れ
あらゆる者の卵をくずそうと
執念する
生れなかったもの
はじめから屍骸として存在したもの
肉塊として押し出され曝されたもの

自らの暗い嬰児の細胞を
女は炎で料理する

男は
腹をみたして出てゆくのか
あるいは
決して癒やすことのない飢を感じて
馳け出すのか
途中で休んで
デザートのコーヒーとケーキを
どこかの店で注文するのかも知れぬ
留守宅で女は
後始末を始めている
蘇る者のためには
血を清め
首尾よく無に帰した者のためには
残骸をきちんと整理してやる
女はたしかに
手慣れた料理人であった

錬金術師

ガラスのように痛む肌は
ある日戸口を破ろうとする
不完成を蔑む戸は
選ばれた沈黙の厚い層
薄明の尖塔から
世界は遠く並んでいる
古典的均衡と
幾何学的整頓
遮断されてこの部屋には
煤けた火の混乱
詳細は足許にまつわりつき
ラベルのはがれた薬品罎
方程式に乱れるノートをひろげ
何昼夜も薬液をそそぎ
黄金色に輝やかない
一つの物質
わたしの肌
痛みながら愚鈍に固執する
古びた憧れのように
　風景には視線がないか
　空には感情がないか
　木々には行為がないか

黒い装飾

泣いた顔に
黒い装飾をつけて出掛けていった
もう幾度も泣いたことのある人々は
わたしを捕えて街路に植えつけた
豊穣な濡れた黒土を積みあげ
目鏡や靴下の悲劇で根をつくり
永遠に路ばたに立ちつくすようにと
人々は働く
わたしは腕を伸して

みどりの殉教者になろう
針金のように痛む指先は
曲ることもなく曇天を指し
大きな花を咲かせるだろう
わたしは細い象牙色の首に
赤い涙を落としつづける
それ等は
スペイン葛の笑いのように
わたしの身体を熱くめぐりはじめるだろう
足許にくずれる父親たち
背中の黄色い染《しみ》は
母親達をしめ出す歴史にならない歴史
すすり泣きのような
何という無邪気さ
花々に囲まれたわたしの顔から
黒い装飾が一点覗いている

恋人である女達は
死んだ男達が必要なので
反映しつくし
用のない自肌を嚙みながら
わたしのまわりに
もう物語ることをやめない
花々に囲まれて
わたしの顔は鏡のように微笑む
花々は
おさげ髪のようにまつわりつき
わたしをしめつける
何と多くの蕾がわたしの肌を荒すのだろう
わたしは
伸された両手と
植えつけられた両脚の間で
花々を養う
やがてわたしは
光った鋏で切りとられ
セメントで固められた窓に飾られるだろう
ガラスのように花弁を散りばめながら
黒い一点となって。

ステンドグラス

わたしはステンドグラスをつくる
そこにわたしを嵌めて
わたしはキラ〱と輝く平面になる
暗い内部の空間と
光が無限に流れる外界を
遮断し　燦めく
固定した一次元の面
わたしははめられて両手をたれて立つ
聖人達はわたしを囲み
ゴシック窓はわたしの位置を保証する
わたしの肌は
切傷の光栄
贖罪者の多次元の憧れ
四つの顔　八つの色彩
破片からなる
至福の佳人
闇と光の無限の疲労を
不可視の夜と
白い寡黙な救済の
永遠劇を
ゴシック技術に守られて
ひきうける
薄べったいわたし

少女のわたしを

少女のわたしを
手袋が見つめる
特売場の商品のように
なげやりな目付きで。
おとうさんの裏庭で
わたしは手袋を撫でた
夏花のように
雑々と手を汚しながら。
腐り出した木綿から

ふいに羊皮に変ったりする
手触わりの予告
生誕が過去と名づけられたときから
わたしはおじぎをしつづける
人々のあかるい表玄関に立って。

おとうさんの体から

おとうさんの体から
樹木が枝をはり押しあいひしめく
おかあさんは
樹木のまわりを駆けめぐり
無意識の欲情のうちに拡大し
あたりに遍在する
だからわたしは
二人を残してゆこう
予告が
色彩る河を渡って
歩いてゆこう
透過することのない結晶のように
愚鈍なわたしのからだを
道々花でかざってゆこう
乳房がオレンジ色に変らないときには
光の輪を二つ胸にかかげてゆこう

灼熱したおとうさんが横切る

灼熱したおとうさんが横切る
崩れ落ちる木々のなかで
わたしは野苺を摘みつづける
前掛けがいっぱいになったら
やすんで裸足を拭こう
おとうさんが
大昔の風をおこすまで
この物怯じした野火をかきわけ
煤けた混乱に耳を寄せながら

すっかり果実をつんでしまおう
遠くに叫びがはじまったら
水嵩の増した河でよく洗い
憧憬するおかあさんに
この変転する野苺を
もって帰ろう

少女なので笑っていった

少女なので笑っていった
おとうさんとおかあさんの手をとり
泣き叫ぶ人々の前を。
遠い小さな村にわたし達は塀を作る
昔の信仰のように
おとうさんは庭園を造り
おかあさんは花に色を塗る
ある日　おとうさんは
わたしを裏庭へつれてゆき
森深く入って鳥をみつけてこいと云ったのだ。
この庭園に歌うよう
キラキラと輝く鳥を。
太陽は花のように沈んで
森はつめたいばかりだった
暗闇をのみつづける
無関心な木々のなかで
わたしに声をかけたのは
例の高名な、
あの灰色で大食な
阿呆鳥だったので
人々は
巨鳥を肩に帰ってくると
笑い苦しみながらお金をくれる。
少女なので笑っていった
おとうさんとおかあさんの手を取り
阿呆鳥に導かれて
もっと囲まれた
都会のなかへと

わたしはおとうさんのために塀をつくる

わたしはおとうさんのために塀をつくる
わたしはそのなかに都会をつくり
そのなかに部屋をつくり
ベッドを入れて
おとうさんを置いてあげよう
でも
おとうさんに偶然はない
憧憬するおかあさんと
奇妙な同盟を結んで
偉大さの為の苦業に
塀を乗越えて出掛けてゆく

おとうさんはプロミシウス
でもおとうさんの海には
色褪せてゆく月も
沈みこむ貝殻もない
おとうさんの森には
鷹の目をした女もいない
おかあさんの
次々に進歩する機械装置で
おとうさんの背中には
赤いしみが増えてゆく

都会のなかで
弱々しい身振りの太陽
ジェルサレムチェリーのように
ポタポタと落ちてくる
でもわたしはここに坐る
限られた空と
そそくさとして
背をまるめ
風呂敷包みをもってやってきた見知らぬ人と
わたしは
笑いのような
低い持続を固持する
統一の時

昼下りの受諾
赤い靴をはかせて
連れていってくれるという国は
おとうさんでない故郷
おかあさんでない故郷
やはり塀に囲まれた
都会の一隅らしい

そこには大きな門があり
少女のわたしがくぐる時は
多くの人々が引き止めたのだった
張りさける夕焼を背負って
わたしは都会へ入ってゆく
おかあさんは人々のなかに顔を蔽し
おとうさんはわたしの裸足を憎んでいる
夕暮は都会を素通りする
背負った色彩が珍らしいと
囲いのなかで
人々はわたしを取りまく

こうして変形する生誕の地に
わたしは
枝を高くはり
無数の赤い太陽がなる
夜を知らぬ樹木になろう

少女なので花をあげるという人に

少女なので
花をあげるという人に
花はいらないといった
少女なので笑って
という人に
笑わない
といった
少女なので泣いてごらん
という人に
少女なので

泣かない
といった
わたしは少女なので歌は歌わない
ひとびとは
笑い　泣き
うたをうたい
花を互いに捧げあった
アリスのように
大きくも小さくもなれない
この午下り。
絵に画かれた窓があり
その外に広がる
永遠の風景
（この窓を
　他のリプリントに取替えても
　いいのだが）
大きくなれば
ナーニアの夢もあり
あるいは

赤い燈台を描いてもらい
キラメク波面を
漕いでいってと
せがんでみることも出来る
あるいは
おとうさんと二人の
鍾乳洞への冒険譚を
ハニー物語にしてもよい
（この窓を
　マスクや人形に置きかえても
　いいのだが）
博物館の人形たち
冷暖房のきく
応接間にかけられた
ニューギニアのマスク
田園から原始村へ
旧大陸から新大古大陸へ
大きくなれば千変万化
それでもいつか

わたしの知らぬ間に
夢でない夢の夢
この世を裏がえしにしてくれるはずの
少女的天才の夢
不眠の午睡の夢を
窓外の野原で
たのしむわたしを
きっと誰かが描くだろう
そのなかで
おとうさんはおとうさんを殺す夢
おかあさんはおかあさんを殺す夢
わたしはみなを殺す夢をみる
少女らしい仕草をして
象徴となり

大昔のように

大昔のように
空から矢が降ってきて
おとうさんとおかあさんを殺すとき
わたしが生れる
大昔のように
裸で荷をかつぎ
人々は歩いた
河が流れ
そこからむこうは砂漠だつた
森も出て
わたしは
虫や小花の中をさ迷った
いつも日陰を捜しながら
森には
虎や白豹がいたのだが
さけて出会いはしなかった

今日も又疲れて眠った
真夜中の光りが
指皮の下を流れて

テレパシーのように
遠くへ消え去ったとき
わたしは夢に
ポタポタと
ジェルサレムチェリーが
滴り落ちるのをみた

歩きつづけた
この岩砂原の果てに
波のない固い海面が
ただ黒く続いているのを
わたしはいつ見たのであろうか
この砂漠に小羊はいないが
ここは楽園にちがいない
やさしい蜥蜴に慰められて
岩陰の小花の許に身を横たえて
また廻りくるわたしの生誕を
祝う儀式がはじまるかも知れぬ

それでも又
張りさける夕焼を背負って
わたしは出掛けてゆく
一ときの休憩に
とかげはわたしの肌に鱗をうつしたかも知れない
切れた脚の一片を
厚顔にも
残していったかも知れない
白く乾いた砂の下の
熱と光の道をくぐりぬけ
固い波面に
沈むことも浮かぶこともなく
ジェルサレムチェリーを植えつけ
無数の種子に枝をはらせ
わたしは庭守になろうとする

女の欲望

女のねがい
ひたひた
海アネモネのように
しめつける
海藻のなかに湛えられる
張りつめた空間
外圧に無頓着に
自足する
水気もない
小さなふくらみ
無の均衡
女のねがいは
無菌のバキュームを
吸引し咀嚼する襞の
内臓にかえる
ここは沼なのか
暖房のきく安堵の居間なのか

部屋のなかには
無数の部屋があり
あけてもあけても
更に小さな部屋がまっている

もうやめてくれ
箱のなかの箱
襞のなかの襞
吸いこまれていきものは
大きくなり小さくなり
最後の部屋への
無限の落下をはじめる
だが女に悪意はない
女はせがみもしない
他愛ない愛の言葉を求めもしない
どこかでブルースが流れても
一緒に泣いてよ　と縋りもしない
女は自叙伝や
丁寧に集めた

男の讃美を
アルバムに貼ってゆくこともない
手紙だって棄ててしまった
女は成熟した舌である
心理など影響しない
自らの姿態に気をとられることもない
いつかは
吸いこんだものものを
シャガールの恋人たちのように
白いプカプカ雲の青空へ
窓枠を越えて飛ばしてやろうともしている
そんなとき女は
土着の母親になろうと
今から居直っているわけでもさらさらない

ただ欲望が
鏡もみないで
夥しく広がってゆく
思考のカオスや

拡大された記憶の皺
言葉の卑猥でチカチカする
反射鏡の誘いに
見むきもせず
女は苔の生えた胃腸なのだ
そしてその茂る苔である
無償に咀嚼する粘膜であり
そこに事もなげに寄生するファンガスなのだ
あるときはそれが
薄赤い情熱の輪にみえ
あるときは
きゅうやくもしんやくも寄せつけぬ
不治の執着
しかしある時突然
たたえられた
空白の均衡に、
渚に打ちあげられた
海藻の
張りつめた静寂、

無色の空間に、
かえっている

旅　ベイビーブルーズ

鍵をさしこむ
軋むエンジン
あの悲鳴
旅はもう始まっている
砂土の風景から
前方後方
コンクリートの道が切り取られ
道標はないが
確かに動きを約束する
すぐにリズムにのってしまおう
加速度に期待がふくらみ
朗らかな旅の動きへ広がるように
街はずれのジャンクヤードで

急にハイウェイが終ってしまわぬよう
ローリングストーンのように
早く
ここはハイウェイ60
砂漠と都市を結ぶ。
砂漠へわたしは行ってきた
里がえりの
お産のために
ユーカリの並木が
しなやかに　やさしく保護する
一本の道
わたしはそのうえをゆく
小さな走る空間の運転者
西方
誘うように遠のく太陽
背後には闇に砂漠が沈む
風のふく
石と石との間に
生み落としてきた

不滅のもの
生も死も
当然のように露出する
生身の不滅性
散らばる小石の
原初の沈黙にも
かまわず生れた
濡れた光のようなもの
岩の間を這い
芥子の花のように
赤く定着した
あのときの悲鳴は
現在をなくす
永遠への参加の苦悩だ
早く時間に抜け出ようと
わたしは旅をいそぐ
明日がくれば
今日も昨日も証明しよう
内密の逢曳の場所ならば
尚更激しく語るだろう
わたしは
一人だけの走る空間
部屋を背負い
太陽と空と山から遮断されて
ディズニーランドの
豆自動車
可愛いらしく
絶望的に
やさしく並木に守られて
均衡が剝ぎとられぬよう
はってくる乳房を忘れようと
旅のリズムをつくろうとする

草原の回復

ひきのばされた分娩のあと
わたしは草原に横たわる

その湿気は
わたしの肌を濡らしはしないで
わたしから流れ去り
わたしを遠まきにし
そしてわたしを無視する
禁じられた耽溺
水の快癒は拒まれているが
終末の後のように
草原に風は吹きはじめ
わたしは乾いた肌で草を抱く
聖人のように
草を嚙み
割れた口を拭いながら。
言葉はまだ蘇《かえ》ってこない
明晰な回復の兆しはおきないが
この血痕のない新床
草原の乾燥に
兎のように
わたしは黙住する

いまだに
わたしの遠く長い視覚だけが
水をよせつけて
霞んでいるが。

鳥叫にこたえて

遠くで鳥が叫く
わたしは唇をとがらせ
頭をそらし
喉をしぼって
こたえようとするが
必死のジェスチャーに
口を出るのは
人間の呻きであり
あまりにもよく知った
あまりにも解釈可能な
何千年も慣らし修正された

人間の言葉でしかない

遠くで鳥は
未知の暗闇にむかって
ある時は悲しげに
ある時はヒステリカルに
ある時はノンシャランに
叫びつづける
こたえていつか
暗闇を内包することも知らぬげに
しかし確かに叫びにこたえる響をもって
同じ鋭った嘴《くちばし》をもつ
雌鳥がやってくるだろう

白鳥の空かける羽搏きも
水浴みする白い女の肌もなく
鳥はけたたましく交り終わり
その暗闇から
無数の嘴と

瞬《まばた》きせぬ目を生み出す

遠くの鳥の叫び
何千マイルも離れた森が
やわらかな動きで
わたしに近づくのをみたと思い
わたしは鳥への変身を
あの森を見通す瞼のない目
ざわめく木葉と
宇宙の間に露出した
乾いた脚への変身を
錯覚したのかも知れない

小枝のように真すぐで細い
太古のペニスが
想像の小窓を貫くとき
両翼を押しあてて
かがみこんだわたしの脳裡から
何滴の血が

底無しの大地へ滴り落ちたであろうか

やがて季節が変わり
嘴も神話も生まぬ
わたしの暗闇のなかへ
雄鳥の叫びの記憶にかわる
何をむかえ入れるのだろうか

密林横断路工事の音を
遠くにききながら
今日こそ雄鳥を仕留めねばならぬ
この古い鉄砲で。
ブルドーザーを美事に手繰る
復讐の女たちの
慰みものにならぬうちに
憧れる雌鳥たちが
太古のペニスに群がらぬうちに
最後の狩猟の季節

見開いた目のまま旋降死する
雄鳥を夢みつつ
憧憬と怨念を
ひとの言葉に代って埋葬するために
やがて鳥叫の記憶を抱き
老女の無意識へ
到達するために
わたしはもう一度
森をさぐる

Purgatory

朝の気配はどこにもない
暗闇の彼方へ
夜が逝ったあと。
わたしはその行方を追おうとはしない
おそらく無限の暗い海
極めることのない円錐の沈黙へ

落下していった夜。
誘う羊歯の湿った翳りもない
この
青い時間
予告も
突然の明白もない
空白の均衡
チカチカ消えてゆく灯もなく
波立ってくる光の粒子もない
生贄の暑い太陽
匂い暮れる夕刻の思い出は
暗い彼方にたぐりこまれ
はりつめた空《から》の
巨大な意識の瓶
すべてを朽ちつもらせ
時を待つ豊饒な海と
愛と憂愁をのみこんだ
死海との間に
ひろがる

霧のない鏡面
何も写さぬ一枚の広がりへ
固く深い静止の時間
青い時間へ
わたしはおりたつ

（『春の終りに』一九七六年八坂書房刊）

詩集〈幕間〉から

プロローグ

長い円塔をエレヴェーターで昇り
おまえは確かに辿りついた
二十一世紀の部屋
中心に光る桜ん坊のような期待
その柔かい果肉に
予言をいっぱいつめた未来の細胞室
おまえは
ふと石のようにも思える表皮の冷たさに
一瞬怯みながらも
水気にむくんだ黄色い陶酔
炎にゆらめく熟れへの暗示に誘われて
円環の思想に身をゆだねようとする
孕もうとして待ち受ける種子は
情熱的な陰謀家だ

何世紀も持続する愛着
いつも出発点に戻って来る怨念
未来に発砲しながら
自らの原子に帰還するブーメラングの熟練
こうしておまえは
種子に吸引され
原始の大平原に播き落されて来たのだ
円塔を底深く滑り落ち
アリスのようにくる〳〵大きさを変えながら
おまえは二十一世紀の原住民だ
おまえは
獣の瞼を押し開け
虹彩に頭をつっこみ
移殖すべき胎盤を捜し求める
微妙にゆれる草の唇から
言葉は生れて来ず
香もない風に点火すると
底割れした大地の深淵に
沈黙した床の幻影が浮び上るだけだ

原始の奥深く未来からの落下を待ち受けていた血袋
おまえは
嫉妬にも似た宿命の予感に駆られて
何者かを生むべく
草をかき分け
湿土をひっかいて
虫のようにはいりこんで行く
おまえはこうして大地を超越し
時を消し去って
沈黙の暖床に辿りついたと思った
そこは記憶の彼方であり
文明も歴史も超えた死の底であり
二枚の柔らかい扉で閉された
愛撫と無思想の繭なのだ
こうしておまえは
種子をえぐられた桜ん坊の穴ぐら
暗い円環の中心に居すわって
一つの赤い血痕となる。

入場

I

おまえは物憂気にやって来た
ストーヴの火が燃え続ける部屋
大輪の寒椿は
幾重にも開き
息をつめて持続する。
ストーヴの火がつきる時
夕闇の中で輝くのは
花芯となったおまえだ
砕け散る花びらを予言して
おまえは闇に向かい
魔法の杖のように笑い誇る。

2

おまえは真暗な戸口に立った
おまえを待ち受けるものは
未知の　邪推にみちた情念

腰を浮かし
たしかにおまえを歓迎しようとしながら
そのなれの果てまで交際《つき》あおうとする
押付けがましい親切さ
おまえの過去の刺繍織りの
糸目をあちこち切り裂き
植物図鑑のように明解な模様図を
千切り取られた花びらのように
闇の中にまき散らす
邪悪な目付き
おまえは一生懸命に思い出す――
家主の目を盗んだ逢引き
異国から異国への駈け落ち
腰をかゞめて摘み取った何千個の苺
憎しみの毒に満ちた甘酒を客に運び
ブラックジャックの切札を隠した
売春婦の桃色の乳房に手を伸そうとした一瞬――
しかしこの部屋の未知は
ガラス張りの迷宮なのだ

散乱した花びらは反射しあい
過去は砕ける度に輝く
星の永劫――
星座に収められた
サイケデリックな過去を
おまえはもう復元する事は出来ない。
なま温かい未知は
復讐も怨みも
安らぎの糧に溶かし
いつかおまえは
この暗闇に長い体軀をとっぷり挿入する
あゝ触れてほしい
奥深く潜む何かの花の蕾
目醒めようとする未来の果実
自らの予言に身を震わせて
暗闇はおまえに囁き
おまえを締めつける
その時
この部屋の突き当りには

更に大きなほら穴が口を開けているのだ
そこはやはり暗闇だが
すでに生産工場のように忙しい
敷きつめられた無数の赤いレール
情念の先に滴る
企《たくら》みとも祝福ともつかぬ
日常生活におまえを送り帰すための
明解な天啓のひらめき。

3

おまえは決して物怯じしなかった
赤い夕焼が敵意を見せそうになっても
おまえは神霊を受けたインディアンのように
細い長軀を夕焼の直中に差し込む。
そこには鮮やかな雲が入り乱れ
時は
不毛に終わった一日に怒り狂うのか
あるいは
豊穣の確かな予言に酔いしれるのか

おまえの勇ましい生贄をたぐりこんで
夜への道ずれにしようとする
夕焼はおまえの自決の血を呑みこんで
夜空に赤い血痕を残していった
おまえが又
朝陽となって蘇ってくるまで
おまえの死がこうして煌煌と夜を支配した。

8

おまえは今日
ナイフを持ってきたと言った
幸福な王子像のように聳える過去の物語に
どんな宝石で現在を飾り
どんな薄幸で愛の至福を絶対化したら良いのか
野火に追われた獣のように
悲鳴を呑みこんだまゝ
風のように唸って行く時を睨みつけ
暗黒の明日
晒される野の涯に誓って

完全武装の過去と決闘しようというのだ。
ルビーの目玉をえぐり出し
金箔で塗られた胸をそぎ取って
灰色に沈黙する石の心臓に
ナイフを突き差そうとする
その時
おまえ自身が石のように固い
屹立した赤い視線
おまえが貫こうと欲するのは
顔もなく腕もない魂
透過不可能な
肉体の伽藍の廃墟
原初へ渦巻く黄色い濁流の中に
浮沈みする少年の深い歳月
失明したまゝ海鳴りに向かって手さぐりした
凝固された怒りの血漿
おまえはこうして
重いナイフを自分に突きたてゝ行く
その固さに刃はこぼれ散り
おまえは
赤い稲妻となって
湿草の中
次第に炎の舌をひらめかして開いてくる
傷口の深い夜にのまれて行く。

10

おまえはこれ以上深入りはしたくないと言った
辺境を渡り歩く労働者
異国の星に瞬たいて涙を流す事はあっても
一日の賃金はきちんと枕の下に隠し
故里へ速達で送っている律気者
おまえは国境を越え
野火のひらめく地平線を睨みながら
これも帰郷の道だと思っている
名のない草原に
一晩裸の身をくるませる事はあっても
暁の寒さに断定する——
おまえの種子が千年の畑を作る事があっても

老母や妻子に送金しなくちゃならない――
おまえは夢で草原につけ火し
刀剣を抜いて屹立する
節くれ立つ精神が大好きなおまえ
柔らかい夜を
追憶の一点に消える悲鳴の中に抱き
艶やかな草液を
白骨に上塗りする指先で味わい
終末の襲撃に向かって身構える時
おまえの夢は燃えている。
もうこれ以上踏みこんではいけない
強者共が夢のあと
消えてしまった山河――
辺境を歩いておまえは失明したのだ
おまえの網膜には夕暮の血潮を浴びた空が塗りこまれ
それなしには
故郷も
この草原に訪れるしなやかな朝日も
無心な真昼の沈黙も
見る事は出来ない
おまえは千年の白骨に怯えて故郷を振りむき
燻りかける夢の焚火に未練して
繁みに迷いこもうとする。
草間に破けたシーツの裂目から
嫉妬は性悪な絵模様をのぞかせ
おまえは又たやすく
刀を握った一匹狼に変身する
せっせと鎌で草を刈る労働者
こうしておまえは
遠く行く跫音に耳澄まし
草原に踏み入っては草を穫り
酸化した内臓を抱えこんで
辺境の空低く
ぶら下ったまゝだ。

エピタフ

おまえの中に再び目醒めてくるもの
物憂い午睡のあとの

その長い足どり
やがて重い瞼を押し開け
固い意志となって全貌をあらわそうとする。
西日に晒された荒地
乾いた情熱が
乱れた細毛のように
へばりつき混迷するなかを
神秘のように滑って行く
宝石のような
凝視に満ちた狂い
暗い夜へ目醒めて行くための
唐突な前奏曲。
こうして又謎を解かれた迷宮は
押入って来る夜気に湿り
灯をともしたまゝ
舞台装置のように
不眠のうちに夜を過す。

退場

I

大団円が近づいた時
一つの幻影を見た
伸びてくる青い手
すべてをなでまわす青い触覚
わたしの中から
青い内臓が泌み出る
青い舞台装置
青い大尾
青い真夏の夜の夢
長い歴史が一つの物語にまとめられ
もう一度演じてもみた夢の終わり
汗の乾いてゆく膚から
時間が逆毛立つ。
一つの閉幕から
一つの開幕への間
物語から

物語への間。
明日の公演に備えるため、
今日という時の分だけ長い
明日の台詞をおぼえるため
いそいで昨夜のシーツにくるまり
嗅ぎ慣れた夜を熟睡する。
やがて浮橋を逃げて行く雨足
消えて行く青い啓示の音波——
夢の中の夢の退場
叫びながら目醒めた筈なのに
端正に秩序だった姿勢の朝。
まばゆい空間の日常生活
薄茶に浮き上がって来る忘却の花びら
部屋の隅々まで見通される理性の構図
醒め切った網膜にゆれ始めた振子
物語る間の
光に目潰しを喰わされた虚構の時。
わたしは身仕度を始める
今日の青い指先

しなやかで握りもきつい
終わるための始まりへの身仕度
結末を知っている物語の
長いモノローグ
真夏の夜に退場してゆく
青い蒸気の大団円の中から
又始まりに至りつくための
リハーサルのない
長期公演。

3

西に向かってわたしは走った
太陽の持ち去る記憶の湿潤
海綿のように時間を吸って行く日没
色彩を呑みほしては褪せてゆく
終末の使者である鰯雲
空にまでひろがった肉体に
やがて乾燥した夜が
麻痺したシーツをかけて行く。

わたしはそこで走るのをやめ
回転する天軸の中心となった
明日の太陽は
わたしの体の中から昇らなければならない。

4

叫びを無限に呑みこんだ年老いた袋
ねばねばとした他人の自我を際限なく吸収し
不在で充満したこの部屋
住みつく事によって虚像となってゆく情念の古屋敷
物体の中胴にぶら下る赤い起源
こゝを開け放すと
人の血の臭いはなく
這い出てくる幽霊の気配もない
針のように細い指先が
ゴワ〳〵とした長い陰画を摺り出す
感光したまゝ暗い無にかえった古い話——
その輝く黒い表面に
鮮やかな翼が一瞬影を落とす。

7

どちらを向いても壁
どこを触れてもあなたの心臓
休みなくあなたに血を送る音
遍在のあなた
神様のようにわたしには見えない
わたし　盲目なのだ
それで　物語を始める
プロローグは自伝的
本文はさまざまな愛のかたち
千夜も続く身上話
何とかして長びかせねばならない
殺された舌足らずの娘たちよ
振り上げた自我の刃を下し
先をせがむ王様の心臓の動悸
つれづれなぐさむもの
命は助けて進ぜよう
やがて興が入り

語り手から主役へ
ヒロインからヒーローへ
あなたはつい主役に感情移入
遅ればせに真意に気がつき
盲目尼の話がお気に召さぬ
腕を組んだ精神病医
びしょ濡れになった聴罪司祭
長い〝Excursion〟が終わる頃
浪漫主義も末期症状。

献金を御願いします

一時間百ドルですって?
家賃が高いので
治療費も年々高くなる
訴訟を起こされた場合の保険金
離婚の場合の手切金
男女同権憲法修正案賛成
さようなら　又来週

No, no; this is the last time.
錆びた刃
でもあなたの自我には印をつけた
来世でも決して見落とさぬ
抜目のないモルジアナ
残った一夜
残り多かるこゝち
鶏の声にもよほされてなむ
あなたはもう
他人の話には厭き〳〵した
あなたのどこにもいない話。
ほんとにあなたはどこにもいない
わたし　大きな目鏡までかけているのに
目をあけてみた時のはなし。
話の切れ目が縁の切れ目
開いた真白なゴマ　露出した真黒な写真
物語のあくる日
別れ際の未練な情人《ひと》よ
上った御簾の向こう側から

ジャズが聞こえてくる
朝のコーヒーの香り。

9

わたしは帰ってきた
しがみつく風景をふり払い
侵入する愛着の根を切りすて
シーツのようにわたしたちをおゝった定着の表皮
砂埃のように視界をさえぎる古い欲情
寝がえりをうてばいつも触れる
虚無の長い脚
無言で食事をする甘い不在の時間
わたしがあなたになる虚構の部屋をふりすて——。

わたしは帰ってきた
こうして立つ不定形の空間
壁もなく凹凸もない
アミーバーの場所
この空地。

遠くに木蓮が咲きはじめる
記憶を呑みこんだ無の湿潤
傷口のように開いた白いはじまり。

残った人々は白いものものを拾った
裏庭に今年も咲く小花の群
河畔に風化した貝の破片
未練に白んで行く三日月の眩暈
樹々の中に消えて行く悔恨の翳り——。
地の涯てに黒い情煙を見た朝
こうして別れをつげてから
人々は
充血した太陽の眼を背に
蘇りを嘲笑ける風に逆らい
街へ帰っていった。

10 エピローグ

夏の終り——
消えて行く白い帆舟

風立ちぬ　波立ちぬ　廃物の山──
廃墟の中でペルソナが絶叫する
詩人はどこか
詩人は爪など切ってやしない
燈台へ漕ぎいでたまゝ
もう十七年も還ってこない
幕間に聞えて来る風のたより
戦争が終り
ボニーは静かに横たわった
外国で。
口紅の跡を残した
幸せなミセス・オータ
物語って国が出来上った
黄金の時代。
稗田阿礼は女だったか？
書いても書かなくても
消えて行く情念
どうしてくれるんだ
何もないわたし

信頼出来るオフィリアの戯わ言も
摑まえられる建礼門院の黒髪
死んだって嘗めてよいジュリエットの熟れた唇もない
恍惚の死がなくて
ケルベロスに舐められ通しだ
硬直したシェヘラザーデの舌
物語らなくては死
物語っても退屈な死
とんだ約束違い
至福に満ちた深草の少将
よい時に目醒めたコールリッヂ
（夢の続き忘れてしまった！　そこで中断）
四十五才で切腹。
ビザンティンへは行くまいぞ
浅草へは行くまいぞ
サルトルさんはすがめでした
跡取りなしの長い自叙伝
秘密の女　仮面か素顔か
生真面目な黄金の手帳の中の未来──

こうして静かに横になった。
なつかしい不在の物語
なつかしい嘘だらけの記憶
忠実な夫の目を盗んで
川に身をなげた
印刷屋のロマンス。

（『幕間』一九八〇年八坂書房刊）

詩集〈帰路〉から

青の詩

記憶が薄れていく先は
青い空
野原に寝転んで行く先を追う
青が終わるところに昔があるのか
青が虚ろになるところは
白いナッシング
闇でないのがいい
空はすっぽりとあたりを包み
草原いっぱいの忘却
どこにも手がかりはない
わたしは
薄れた記憶を吸い込む
味のない
青

2005.1.7

浮島（うきしま）

今なら
泳いでいけるだろうか
あの島へ

幼い頃　母は一人で泳いで行った
姉はいつも浜の子らの後を追って泳いだ
爆撃機は東京をめざして
ここ竜島はパス
一人浜辺に取り残されて
島を見つめた
島はあんなに近く
とてつもなく遠く
地平線を断固遮って立ちはだかり
海面にゆらゆらゆれている
荒波の外界を遮断し
浮島だけがタブローを独占する
無知な入り江の出口に浮かぶ
小さな島
この浜辺とあの浮島の間に
何があったのか
六歳の夏

深い淵から湧きあがる陶酔
密かに触れ
それからにわかに摑んだまま
決して離さない
ローレライの腕力
母のような乙姫様の乳房
目的地から引き離すことだけが目的の
不屈な潮流
あくまで目つぶしを狙う
しつこい塩水
幼い頃
浮島からの帰還はないと知っていた
竜島こそ永久の国
広い世界を目隠しする楽園

浮島への遠出は
いつか来る
肺の恐怖の通過儀礼
やがて
水死したあの詩人の歌を知ったときから
春の終わりは近づいてくる
その向こうがどのような季節であっても
もう季節を逆行することはできない
最後のプロペラ便で
一気に太平洋を越えた
海底でもなく
過去でもなく
空に向かい
北極の空経由で
わたし　二十二歳の夏

泳いで行けるだろうか
この歳になったのだから

今　浮島は遊楽地
竜島の浜辺から
若者たち橋を渡って
パラダイスへは日帰りのデート
泳いで行くものは誰もいない
サイレンの代わりに
客引きのお兄さんたち
割引券の至福案内
溺死するものもいない
引き止めるものもいない
週日は人気のないパラダイス
玉手箱のお土産なしに
楽々竜島へ帰宅
今なら
泳いで行けるだろうか
異国の浮島から
ジェット機で帰ってきた
今
わたしなりの遠い浮島へ

長年行ってきた
今
幼い頃の戦慄は
夢のように
かすかな安らぎへの渇き

今なら
泳いで行けるだろうか
距離は昔のまま
そこにある
わたしを
隔てている
幼い記憶は
近づけば遠のき
蜃気楼のように揺れ続ける
いまだに未知の場所
未知の経験
わたしが知らない場所
いつかは渡っていくはずの海流
わたしに無関心を装い
そして招いている
昼間は
賑々しく流行歌を流し
やがて真っ暗なさびれた遊園地
闇だけがそこにある黒い島影
その向こうのさらなる闇
わたしがいつか泳いで行く先は
まだ知らない浮島
浮島が隔てている闇

1999.8

羽衣草庵

身にまとった衣をはぎ取っていくと
一本の草が生えていた
細い茎
透き通った小さな円筒
水は吸い上げられているのか

脈は波打っているか
耳を傾けると
かすかに二枚の葉がそよぐ
衣は風に吹き飛ばされていった
悲鳴が聞こえたか
あるいは歓喜の叫び
消えた記憶の後に
青空に囲まれた
一本の草
光に晒された
記憶のない円筒
ここは空き地だ
柵に囲まれた窪地
人々が覗き込んでいる
ぽっかりと青空が降りている
大きな穴
都市の草原
跡形もなくなった
何かの跡地

遠くで電車が到着する
長い地下のトンネルを抜け出て
都会のターミナルへ
近づく足音
どこから旅は始まったのか
どこで旅は終わったのか
何時から空き地に舞い降りたのか
ひらひらと
あてもなくさまよいながらの果て
偶然に
あるいは昔
何かあったのか
忘れた物語
知らない物語
作り話　むかし　むかし
不在人の物語
羽衣を取り返したくて
どの地でも
誰も好きにはなれませんでした

それでも未練は残りました

一本の草　震えている
ジャックを乗せて月まで伸びていけるか
羽衣を探して
光ファイバーのごとく駆け巡りたい
海辺の小屋で羽衣を干しているとき
あなたに出会った
羽衣を忘れたのは
その瞬間だけ
羽衣の行方を追いかけて
何千年
拾い育ててくれた老夫婦に
恩返しがしたかったのです
優しくしてくれた漁夫の夫を
少しばかり幸せにしたかったのです
それでも羽衣は離さなかった
子らを抱きかかえ
砂漠の岩陰に夜をしのいだときも

山火事の火の粉をスカートで振り払い
海へ出る道を探して
河原を歩き続けた長い逃避行の最中も
記憶の中の自由
忘却の淵から一瞬顔を見せる
美しかった日々
いつか辿り着く天の港
いつか帰りゆく銀河のせせらぎ
羽衣を手放したことはなかった
あなたに出会った一瞬の他は
羽衣を追いかけて
足の底は血だらけになりました
後悔と悔しさで
切腹したい
十字架にかけられたいと
瓦礫を担いで丘を登りました

気がつけば
都会の空き地

高いビルに囲まれて
たった一本の茎
陽を見ぬ深海の生き物のように
たくましい外皮を持たぬ軟体
殻がないのが存在意義
たった二枚の小さな葉っぱ
蘇りの布を
織り出す糸を紡げるのか

百年の愉楽
千年の後悔
万年の恩返し
一億年の忍耐
羽衣草庵で紡ぐ
少しばかりの土にしがみつき
身を隠すすべもなく
太陽の熱を浴び
光にいたぶられ
風雨に打たれて

帰途の日々を生きる
幻の草の祈り

2005.7.7

TOKYOから

さて　どこへ行きましょうか
家路へのアイテナリーは
とっくにこなしてしまった
終着点は先へ先へと遠ざかる
家路は思ったより長いらしい
おまけに
今着いてはいけないという
メッセージ
そんな予感もしていた
陰謀がめぐらされている
島への潜伏者は日々ふえ続けている
一方で
密かにメディア総動員の

よそ者狩りの網がすでに張り巡らされている
異教徒受難の季節
風の便り
引き延ばされる帰国の航海
テープは切られた
花束も投げられた
別れの曲は
大好きなショパン
ブラスバンドはなかったが
古いグラマフォンは雰囲気十分
もう後へ戻れない
フリーダム紀行も昔の話
友人も仲間も作ったが
世界中のドーピングの夢
宇宙記録をめざすゲームには
もう見限りの時
なにしろ六年も家出していた
そろそろ帰らないと
親もいなくなり

兄弟友人も老いて記憶もおぼろげ
知り合いは一人もいなくなる
家は建て直され
留守番もいつの間にか世帯主
初めは寄り道に気が引けたが
いまは立ち寄るところがない
時を持て余している
帰国は旅の総決算
一つ一つ確かめておこう
家出の原因と
その正当性を
いや観光旅行でもよかった
家出中
遊んだことなどなかったから
それでもだんだん退屈してきた

寄る港での
公害も見慣れた
ハイジャックも

五月戦争の前夜も見た
聖地に立ち寄ったから
地雷の道もバスで通った
幼い子ら連れて
石油ショックも知っている
無農薬栽培も
女たちの会議も
雑誌も出した
世界平和もイマジン
子どもも五人

さてここからどこへ行こうか
六年前に立ち寄ったこの港で
デモにも参加した
脱走兵も助けた
浅間山の噴火も鎮静
友人も葬らった
相続権も放棄
この先どこに立ち寄ろうか

ソウルは戒厳令
北京はギャングに占領されたまま
ポストコロニアルへ行ってもいいが
昔の顔を隠す仮面は
まだ彫られてこない
企業戦線には無能の邪魔者
招待状も舞い込まぬ
追いかけてくるパトカーもなく
引き止める
岩上のサイレンも現れない
早々に退散

帰路は何と長いことか
クルージングの堂々巡り
八十日で出発点へ舞い戻り
短距離ぶうめらんぐ
獲物なしの手ぶらで
振り出しへ戻ってくる
記録を塗り替える早さで

帰途のアイテナリーを書き換える
もう一つの帰還
白鯨も熊もマグロも捕まってしまった
アマゾンの巨魚も
TOKYOから
どこへ帰ろうか

TOKYOへ

TOKYOへのリターンルートは
アウシュヴィッツ経由
二月のワルシャワに子どもはいない
誰も笛吹いていないのに
どこへ行ってしまったのですか
舞っているのは雪片だけの
空っぽの空港
女たち走りよってくる
抱いてあげましょう

1982.4

東方からの子ども
何歳ですか
わたしが来たのはイスラエルから
その前はロンドンから
その前はアメリカから
その前は
ああ　やっぱり東方から

あなたのおじさんはイスラエルに
移住した
ニューヨークの一番街から
理想に燃えて
ヨム・キッパーを共に過そうと
誰と一緒に?
あなたのおばさんはイスラエルから
還ってきた
ユダヤ人の初めての農耕国から
アメリカの広いとうもろこし畑の上を飛んで
メキシコの芸術家コロニーへ

そこでもヨム・キッパーは
やっぱりイスラエルで死んだ
おじさんとふたりだけ

イスラエルではミノラを買わなかった
ワルシャワのシャンデリアの下
古いホテルの豪華なレストランで
密かに
メニューにコーシャ料理を探す

隣のテーブルの男が
子どもに紙兜を折ってくれた
パパとママの観光ツアーに置いていかれる
明日のための兜
アウシュヴィッツにはつれて行かない方がいいでしょう
行っても何もないのです
遊ぶものも
動いているものも
銀のミノラは買わなかった

イエーメンで身を屈めて彫り込み続けた
高価な世界遺産
人間国宝にはならない
彫金師の魔術の灯火
TOKYO にはお灯明があるから
どんなお寺にも
ミノラを置く場所がないのです

東京にも死者が待っている
お酒飲みすぎた同志
革命と詩を一つにしようと
わたしの幻景を走り続けた
五〇年代の同志
キャデラックに乗ってキスしてきて下さい
男の別れのあいさつも
ミノラには似合わない

二月の TOKYO に雪が舞っている
本郷は広重の屋根

あの巣鴨にはサンシャインがいっぱい
明るく光って記憶消滅
空まで届けとお店がいっぱい
靖国神社では
立派な灯明が灯っている
骨壺の石がひとりで断食
受け取った時カランと音がした
幼い長男の両腕の中で
骨はいまでも海底で断食
靖国神社にはあれから行っていない
あなたのおじさんもおばさんも
アウシュヴィッツには行かないと言った
わたしたち
アウシュヴィッツには
立ち寄っただけです
家へ帰ろうとして
帰路のアイテナリーの一つ
TOKYOもそうです
西方から子どもをつれて

1982.8

レクイエム　吉原幸子を悼む

きっつぁん　と呼んだ
おんなの欲望によって刻まれる
肉体を持ったおとこ

おんなの歓喜に身を投げ出す
もう　戻れない道
おんなの狂気の道連れ
いけにえという
共犯者

きっつぁんは応えない
いないきっつぁんを求めて
おんなからおんなをたずねる
罰なのですか
この傷は
罪なのですか
この渇きは

おんなを産んだおんなを追いかける
血の滴る剝き矢
近づいてくる母のうしろ姿

お母さん　と叫んだ
わたしを産むことによって
地球の外へ出ようとした
わたしを連れて
行く先には着かぬ道を歩き続けた

こちらを向いて下さい
その痴呆の顔を見せて下さい
秘密の顔を見たいと
仮面の膚を剝ぎ取ろうともがいた
わたしの少女
わたしの渇きは
お母さんのものです

もう
疾走することのない
神の雌獅子
日没の大釜は招いている
暗い海の深さ
探り続けた奈落の狂おしさ
酔うようなまどろみの中で
招いている
今度こそ
離れることなく

2003.11.8

庭師　庭1

今朝も男は庭を掃いている
竹箒を手に
落ち葉をかき集め
土にかすかな爪痕を残し
この囲みとられた小さな土地を

丁寧に浄めている

今朝も男は庭を掃いている
昨日も木の葉は散った
この庭に植えられ
この庭に休むことなく葉を落とす
樹々とともに
男は時を掃いていく
一夜のうちに過ぎて行ったものものの
はらはらと落ち
いつの間にかかき集められ
浄められていく
ものもの
男の竹箒は休むことはない
見て見ぬ振りをし
無関心にやり過し
やがて仕返しをされるのは
不意打ちであってほしいと
願うわたしは

庭師が頼りだ
庭師の腕がすべてだ
証拠を消し去り
跡形もなく
始末する
わたしの庭の僧侶
不浄な時に対面し
後始末をし続ける
職人技
囲っても囲っても
忍び込んでくる蔦のように
いつの間にか
庭の暗闇で待ち伏せているものを
朝にはかき集め
かすかな掃き目で整え
一日
見通しのよい
陽のあたる場所にする
庭の守番

春も夏も葉は落ち続け
秋も冬も葉は蘇り続ける
庭師の季節に終わりはない
黒衣の庭師
今朝も庭を掃いている

2003.10

山姥の夢　庭2

囲い込んだ庭に
鳥は囀り
蝶は花の間を飛び回った
わたし
すべて世はこともなし　と
昔の詩人のように
口ずさむ

高い塀より高く
しまとねりこは枝葉をのばし
もっこう薔薇は
垣根の隙間を覆い尽くした
ここは小さなパラダイス
昼寝でもしよう

誰も
茨をかきわけて入って来ないから

掃き清められ　光が降り注ぐ
安全な場所
隅にある井戸には蓋をした
やっとここまで辿り着いた
水無し河の河原を歩き続けて
こっそり　目印にと
記憶を千切って棄てながらだったが

殺し屋もプリンスも入って来ない
森羅万象のミニアチュア
わたしはこの小さな空間の主

彼方の水音には耳を澄ますな
永遠の昼下がりの今を
わたしは支配する

腕の火傷痕を剝き出しにして
おんなは昼寝する

子らの敵を睨み続けた河畔の暮らし
羽衣の行方を追った
浜辺のテントでの野営
内に棲む蛇を食べて餓えをしのぎ
耳奥の音を
上空の風とハーモニーさせ
夢のタブローからはみ出した山脈をめぐる
今　身体をほぐした大女は
夕暮れの地平線のように　時差ラインの真上に
果てしもなく
横たわっている

鴉は記憶のかけらをすべて啄んだ

井戸は涸れたままだ
昼寝から醒めたら
もう一度庭を掃こう
今日は
夕焼けは望めないので
門を早めに閉めよう

2004.7.7

紫陽花　庭6

梅雨前線に異常があって
紫陽花は青空の下で咲いている
照りつける日差しの中で
色を変える暇もなく
変身し遂げる余裕もなく
祭りをもりたてもしないで
一直線に満開

急がないで

急がないで
それでもあじさいは花
急いでも急がなくても
今年は終わり

〈ガラス〉の巻　木島始との四行連詩より

＊
ボストンは自殺した詩人たちの街
だが　この六月の日
街は一枚のガラスのように光り
どこにも記憶はない

＊
落書きのようにとりとめのない
あなたからのEメールのすべてを
6・8メガバイトの感度で保存する

いいかげんな心でメモリーはいっぱい

＊
引越しのたびに燃やしてきたノートの束
旅に出ては忘れてきた他人のことば
舞いの彼方に消えていった蜉蝣の言の葉
ある日稲妻となって突然闇から還ってくる

2007.8

〈くちなし〉の巻　佐川亜紀との四行連詩より

＊
昨日は白かったのに　今日はもう土色
狡猾なくちなし
時の先回りをして
死をやり過ごそうとの変身術

＊

メール送信にしっぱい
指と頭をつなぐ古びた回線のトラブル
しまい込んできたわたしの告白は
超特急で見知らぬひとへ落雷

＊

今日はもう門を閉めましょう
梅雨前線も沖を通過していったとか
あなたもきっと野原に寝転んだまま
夢は違う道を行ったのでしょう

＊

旅で電気仕掛けのイルカを買った
アカシア祭りの屋台のおもちゃ屋
くるくる回るイルカのサイボーグと
日本人街をわたる風の中でしばらく過ごした

＊

ひまわりは退屈しているって？

太陽を追いかけても掴めなかった
吐く息荒く、油汗いっぱいかいた
永遠に向かって　もう何もすることがない？

＊

今日もまた一瞬の思い出となった
アルバムにもポストヒューマンな海馬にも
記録は残らない
物語の波間

＊

スコールに濡れたスカートを絞ると
剣を振り上げて男たち流れ出てくる
女たち苦い米食べて染めている
花も動物も　ベールまとわず

＊

みんなタブローの中へ帰ってくる
絵柄の中に収まった男たちの戦争

女たちの瞳だけははみ出している
泣き、嘆き、笑い、密かに策略し

炎える琥珀

1

むかし　湖だったという
ネブラスカの草原で石を拾った
この年
ミシシッピー河の氾濫のあと
露出した無数の石
晒された魂
プロットはとっくに消滅し
隠喩まで吹き渡る風に舞い散ってしまった
何万年うまく隠れおおせた末の
この十一月
玉蜀黍は刈り取られて
スティーヴン・キングの

子供たちすら
密謀のために集まることもない
身を隠す物語のない
このあたり
わたし　仕方ないので
石を届けに行く
今日も裏庭で石を積むあなたに
いつか風の中から
この石の話を聞き分けて
地の奥へ返してくれるかもしれない

7

ここはただの広場だった
周りにはグレコローマンの建物
もちろん模倣品だが
ちゃんと食堂に使われている
この建物はいつ現れたのか
強情なスフィンクスのように
よそ者には心を閉ざしたまま

1993.11.30

白い石の箱
彫刻のように
そこに置かれている
投げ捨てられた石のようには無造作でなく
落下した隕石のように大地にのめり込んでいるわけでも
　ない
人の技の痕跡は明らかだが
用途不明
窓もなく
入口も出口も定かでない
墓場のようにいっぱい溜め込んでいる
あるいはもうすっかり盗られてしまったあとか
時から遮断された内部には
石を通して変質した光が満ちている
石棺の中の樹脂
縞模様の化石の光
その中に嵌め込まれた貴重本《レアブックス》のスタック
地下から天上へ向かって続くガラス張りの角筒
壙の中の貴重なＭＳ

ベルジャーに封じ込められた
二つとない稀少なメッセージ
残存唯一
あまりにも珍奇なので
精神病棟入り
ここに入るのは一仕事なのです
所持品を預け
手を洗い
チュウインガムもだめ
欲望を捨て
有機物は厳禁
入ったら最期
一生そこでスタック
死んでからもスタック
空調の行き届いたガラスの城
生焼《レア》けの言葉は生焼《レア》けのまま
ウエルダンの作品はパサパサのまま
完全保存
覆い隠す火山灰もない

百年以上も不眠症
晒され続ける秘密のメッセージ
冷凍保存の狂者の予言
貴重な読めない言葉
時をはね退けて在るのか
あるいは
時に守られて在るのか
逮捕されたものによる
あるいは
排除されたものによる
存在証明
処刑なしの晒し首
スポットライトの中に展示され
ていねいにカタログされ
いつでもそこに在り続ける
不用品
あまりに貴重なので
誰も手を触れない
コピーは出回って手垢にまみれている

わたし　料理好きなので中に入らない
そして　入らなかった本を読む
ちょうどよい食べ頃の
消耗品
レアでもウエルダンでもないので
瓶詰にはならない作品
食べながら便りを書く
一年後に届く便り
切手が貼られた葉書を挿んだままの本
その一年の間に
著者は死んでしまった
ガラスの不夜城へ入るためではなく
千年の愉楽を求めて
路地へ帰ろうと
さっさと病院を抜け出して
行ってしまった
ノーベル賞も
静かな生活もいらない
小説もお終い

わたしはその前に読み
葉書を見つけた人は
その後に読んだ
葉書をもらった人はいつ読むのか
本の中から出てきたメッセージ
死後届く連絡メモ
誰のメッセージか
デリダのように
いつも後から届くポスト・カード
一年間本の中で
死んでいた
生きていた
メッセージ
空調のきいた死体置場で
遅れて届く告知
すべてが終わってから届くメッセージ
カードを受け取ってどうするのですか
ポスト・メッセージをどう生きるか
あなたからの便りはいつ届くのだろう

まだ書かれていない
あるいは
どこかで寄り道している便り
貴重本図書館に入らなかった言葉は
時と場所を吹いていく風にのって
ある日　届けられてくる
パーティには間に合わなかったが
予期しなかった贈り物

1994.5.23

13

そのあくる日
窓の外に樹はなかった
目を覚ますと　誰かが伐り取ってしまっている
窓枠の中は空白
そこに不透明な空が広がっている
寝覚めの悪い朝
居間のソファに座って
昨日までそこにあったものを考える
樹齢百年

本郷に生き残り
わたしが帰ってきた時
窓をその大枝で覆い
風景を遮断した
そのせいでわたしもここに生き続け
三十年近い旅路のアイテナリーを
樹の後ろにポイと投げ捨て
そこからいつでも引き出せると思っていた
変色するかもしれないが
三十年ぽっちのメモリーはやすやすと保存してくれる
大樹の蔭
その背後には街並みがあり
森があり　連なる山々があり
海があった
行きずりに会った人たち
別れてきたいとしい人たち
思い出したくない風景《シーン》
窓際まで過去は押し寄せていたが
樹は防波堤のように回想を食い止める
読まずにとっておいた物語
訪れたことのない島々
ここから書くための紙の束
樹はいつも前向きだった
枝葉で包み込み
すべてを泡立てて醸造し
貯蔵し
いつのまにか幻の名酒
探し当てる楽しみ
酩酊の予感

朝起きると樹はなかった
樹とともに消えた幻の風景
幻の記憶
スウィッチを入れたら空白の画面
空っぽの朝が明ける
あきらめはつくが
乳白色の空は何となく意味あり気で
隠していたものが

立ち現れてきそうだ
わたしは忘れたものを考える
不意打ちを喰わないために
その日について考える
その日終わったものは何だったたか
書き終わった詩
河畔に立ち続ける家
荷物はそのままだ
庭で小さな子供たちが遊んでいる
どこかの神話の中の情景に似ている
着かないといいと思いながら手紙を書き送ったのは
昨日だったか
昨日切った電話
昨日押してしまったキー
消えた昨日の物語
樹と共に消えた多量のメモリー
昨日終わったものを探して
わたしは虚ろになっている
消えたわたし

いずれ工事も始まり
ある朝何かがにょっきり現れるだろう
ルネ・マグリットの絵みたいに
窓の中に浮かんで
唐突に
それまでの
何もない時間
保存しなかったものの時間
消えたものの時間
何もしない朝
陽当たりのよくなった窓
部屋は明るくなった
コーヒーでも飲もうか

1994.12.17

14

リヴァーサイドに引越してきた時
桜も花水木も
水仙もクロッカスも
南カリフォルニアでは咲かないことを知った

ミリアムが芥子の種をくれた
ほら　ミレーの種蒔く人みたいに
あたりにばらまくのよ
とミリアムは教えてくれた
その夏　庭の端からユーカリプタスの林まで
あたり一面真っ赤な芥子の野原になった
種を蒔きすぎたのよ　とミリアムは呆れて言った
気でも狂っていたの?

シュレヒトの裏庭の桃の木は
その春ピンクと赤の花を咲かせた
桃の木の狂気なのよ
とシュレヒトは説明してくれた
彼女は植物病理学者だ
わたしは枝を一本もらって庭に挿した
翌春も　桃の木は狂ったままだった
うすい桃色と濃い桃の花を眺めながら
何が桃の木を狂わせたか
春中わたしは夢想した
その夏　桃の木にはたくさん実がなった
果実も狂っているのか
シュレヒトは教えてくれなかった

リヴァーサイドの庭には
野生のハイビスカスが一年中咲いている
匂いもなく　枯れるようすも見せず
毎日毎日咲いている
我慢のならない日
わたしは一本切り取った
切り花になると
ハイビスカスは萎びてしまう
食卓の上で赤くうんざりしている
その夏　ハイビスカスを何本も切った
そのつど　花は即座に凋んだ
食事を作っては
わたしはいつもうんざりした

リヴァーサイドの庭で
子供たちは育った
敷きつめたベッドラム種子の芝生の上
赤い果実を投げあい　蹴りあい
色深める夕暮れの
プラセンタの庭を駆け抜けていった

1995.1.12

（『帰路』二〇〇八年思潮社刊）

詩集〈サンタバーバラの夏休み〉から

馬の話してくれたこと

馬が欲しい
と言うと
だめ
いつもすぐにママが言う
サンタバーバラには馬がいっぱい
どこのうちでも飼っている
乗馬服着たお兄さんやお姉さんたち
パパやママに抱かれて
手綱を握っている子どもたち
お祭りの時には
おまわりさんの騎兵隊でいっぱい
本当に馬に乗りたかったのだ
脚が速くて
遠くまで行けそうな気がする

ママは
ロバはどう?と言った
おとなしくて荷物も運べる
パパは笑って
ロバはママより強情だよ
なかなか言うこと聞かないよ
ポニーはやさしいけど
弱虫なんだって
やっぱり馬だ
馬なんて飼えないよ
パパもママも冷たい
夏の一日
隣りのおじいさんが
馬に乗せてくれた
おじいさんの馬は
ずいぶん年寄りだそうだ
たいていは何もしていない
夕方になるとおじいさんを乗せて
街まで出かける

ぼくを一緒に乗せてくれた
馬の背中は高くて固い
おじいさんが言った
山火事の時
こいつはどうしても動かないのさ
火がだんだんと近づいてくる
ここから早く逃げなければ
こいつは前にも後ろにも動こうとしない
強情なやつさ
このままだと二人とも死んじゃうぞ
と言ったんだが
仕方ないからあたりに水をまいて
山の火が
洪水のように押し寄せるのを
ただ見ていたのさ
ひたひたと川が流れるように
地を這ってやってくるのさ
こいつはすっかり怯えて
立ちすくんだままだった

炎の美しさに魅せられてしまったからだなんて
おじいさんと一緒に死ぬのが本望だからだなんて

ぼくはふと考えた
ロバかポニーだったらどうだったか
馬が脚が速いなんて嘘だった
遠くへ行けるなんて
一歩も動けなくなるなんて
強情で
弱虫だったなんて
ぼくはこっそり馬に聞いてみた
おじいさんの腕の中から
身を乗り出して
馬の耳に口をつけて
馬が話してくれたことは
誰にも言えない
知らん顔して
馬らしく
ポカポカ
ぼくたちを乗せて
闊歩していたのだから

（『サンタバーバラの夏休み』二〇一〇年思潮社刊）

詩集〈青い藻の海〉から

河まで

道はわからなかったが
歩き始めた
先を行く者を追いかけて
それはもう始まっていたのだ
姿は見えない
道しるべもない
はじめは昼下がりの一本道
それから
樹々のざわめき
彼方の沢の水音
やがて
薄暗がりの中の
混みいった険しい獣道
鐘はとうに鳴り止んだ

花は置いて来た
導いてはくれぬ
世界
深いところで
ひたひたと足音がする
先へ先へ駆り立てる
遠くへ
深くへ

送って行きます　河まで
通り過ぎるものを見送り
追って行く者をやり過ごし
この音無しの世界
道行きはどれも沈黙の道
いつも
一から始めるための　この
スピード
光でもない
時でもない

一回ずつの
繰り返しの
この早さ
すでに遠くまで来た
叫びも　錯誤もない
記憶の外

やがて霧が立ちのぼり
あたりを遮っている
無垢な終わりが
遠ざかって行く気配がする
ここは河原に違いない
内も外も越えた
この石だらけの境
とりあえず一休みしよう
この河原に火を焚いて
一休みしよう

深い眠りがあったら

深い眠りがあったら
目覚めてくるものがあろうに
季節が移れば
野の草も蕾を付けてくるように

列車に乗っているならば
後ろにおいていくものものに
別れの一瞥をなげかければいい
河の土手に立ちすくんでいた男
踏切で手をつないでいた幼い兄弟
すべては一瞬の決別
後ろに過ぎ去って行くスピードは
わたしの脚では
取り戻しに走れない

微睡んでいるのは
深い円筒の中

まわりながら
滑りながら
どこまで行っても不十分な
落下
底なしの誘惑
奈落まで落ちる覚悟でも
辿り着けない
傷口へ
目覚めが頼りの
願望
微睡んでいるのは冴の中
無すら反復する深い幻の谷間
霧の中から
還り続ける
音無しの音
過ぎ去らぬ時のエコー

誰がこの日を

予約された時間の目覚め
予定された時間どおりの日の出
わたしは
もうコーヒーを湧かしている
花を供え
そのあとは
何も起こらないこの朝
誰がこの日を待っているのか

午後の日射しの陰
白骨を抱いて微睡むのは
ヒマラヤの牧場
羊の群れとともに
天まで運んで行く
目覚めて
わたしは夕餉の支度をしている
予定どおりの落日

誰がこの日を待ちわびていたのか
灯明を消し
ドアを閉めると
予約された暗闇の中

詩は待っていてくれると

詩は待っていてくれると
T・S・エリオットは言った
魂は待っていてくれるだろうか
藪の中に潜んで
あるいは草原で寝転んで
わたしが追いつくのを
それとも
不意打ちをしてくれるだろうか
どこかで待ち伏せをして
辻斬りの腕でも試そうと

わたしも待っているのだろうか
こうして街を歩いていれば
あてどない放浪に似た
通過するばかりの
時の中で
偶然出会うのではないか
向こうからこともなげに近づいてくる
見知らぬ国を通り過ぎていけば
突然背後から
呼び止められる
観光に訪れた
太古の廃墟で
地べたに座り込んでいるのではないか

わたしは見つめ続けてきた
爆発でできた宇宙が
ブラックホールに吸い込まれて
やがてすっかり消えてしまうように
わたしが記憶していた日々が

地の一点に吸い込まれていくのではと
それを見届けようと
この庭に舞い上がる
木の葉や灰塵に預けられた
魂のようなものが
徐々に
飛び去っていくのを

どこまで追っても
その先まで行き着けない
行く先定まらぬ旅路の物語を
どこかで語る詩人が現れるのを
詩はほんとうに
待っていてくれるのだろうか

デジタルブルー

ノートを開くと
画面が波打っている
波頭が光っている
見知らぬ風景
名のない海原
静止したまま波打っている
遠くに岬も島も見えない
魚が跳ねることも
海鳥が横切ることもない
ただ光っている
悠久のように
止まったまま
古拙の微笑のように
無意識不在
蘇えるもののない
青いデジタル風景

動かぬ海原に
文章を書き込む
停止したきらめきの中に

詩の断片を投げ入れる
記憶のない風景に
手紙を託す
写真が送られてくる
砂浜で少女が手を振っている
小さな男の子が駆け寄ろうとしている
砂粒が舞い上がっている
背景は真っ青な海
デジタルブルーに重なった
もう一つの
記憶にない青い風景
どちらが遠いのか
はるかかなたのブルー
わたしの知らない深層から
送られてきた風景
わたしは急いで保存する
海原の底に
光る波間に
動かぬ青のどこかに

記憶を残そうと

わたしはせっせと
海原に言葉を投げ入れる
やがて文法やメタフォアが青を覆い
デジタルブルーはもう無力
すべてはわたしの物語の空間
文字で埋め尽くされ
わたしだけの
秘密のような記憶から
紡ぎ出される
思いの丈で
彩られる
遠近法の効いた
タブローの
独占する世界
遥かなる青の
包容力のあることよ

物語が終わると
また一枚の暗闇
宇宙のように真っ暗
いくら待っても
星も月も出ない
平たい暗闇
待ち人来なかった
動かぬ波間に投げ入れた
幾千もの言葉は
どこへ行ったのか
わたしの物語は
暗闇の裏を見ても
何もない
ただの冷たいメタル

慌ててキーを探す
記憶を呼び戻したい
さっき保存した風景はどうしたのだ
そして再び

わたしは
動かぬ海原に漂っている
何事もなく
波はうねり
何も知らぬげに
青は広がっている
記録のない
太古の
無知のように
　すべて世はこともなし
もう投げ入れるものはない
手紙の返事も来ない
一日漂い続けても
だれも救命ブイを投げ入れてくれなかった
情けも知らぬ青
熱してこない画面を
身動きもせず
覆っている
明るい

一方的な拒否
今日は
物語は不在
またやり直しの
物語

庭守り

目覚めて
庭守人は
空を仰ぐ
光は目を透かし
奥へ奥へとさしていく
庭守人の眼孔は
世界の始まりにつながる
洞穴だ
その奥に何があるか
誰も聞いたものはいない

光は
どこ迄届いたのか

俯いて
庭守人は
庭の手入れをする
雑草をむしり
落ち葉を掃き集め
涸井戸の廻りを掃き清める
昼下がり
庭守人は目を閉じて
浄められた入り口の脇で
昼寝する
彼方に水音が聞こえるのか
眼窟の淵には
この庭の静寂を揺るがす
地響きが近づいているのか轟いているのか
日暮れ
庭守人は

天を仰ぐ
闇はどこからか集まり
あたりを覆い尽くし
庭守人の眼孔の奥へ浸潤していく
やがて
夜は瞳窩の闇と一つになり
庭守りは眠っている

眠る庭守人

庭守人は
いつからか眠っている
巡りくる季節
花が咲き、実がなるとき
鳥や虫が卵を産み
落ち葉が積もる
この小さな庭に
眠りの入り口があるのか

この庭に立つのは
後ろめたい
声もかけず
手も振らず
物語も中断したまま
何事もなかったように
やり過ごしては
熱病にも罹らず
子守唄も所望せず
深くへ
眠りの奥へ
立ち去って行くのは
夜か

地下の様子は分からない
襲いかかる激流
マグマの灼熱
一瞬の間に

くぐり抜け
鍾乳洞の水滴
ひやりと
肌をなぐさめ

聞こえたような気がした
立ち去って行く足音
いやあれは
楽器が奏でた音
最後の
ピアニッシモ
何かを震わせて
消えたことを知らせる

この庭で
時の不在を告げる
庭守人の眠り
この庭の舞台の
小さな奈落がせり上がって

蘇ってくるものは
見えない
照明が暗すぎる

目覚めるな
庭守人よ
眠っても　眠っても
まだ尽くせない
この静寂
この闇

庭守りはいつから

この庭には庭守人がいた
この庭があることの
バランス
あやうい
水際作戦を繰り返す

侵入するものを防ぎ止め
不足でもなく
過剰でもなく
地下水が
噴出することのないように
記憶が枯れることも
ふいに蘇って
この静寂を乱すこともないように
過剰な欲望やエネルギー
不満や愚痴がふとかすめないように
無意識を閉じ込め
深層をなだめ
涸井戸には蓋をした
鳥の巣もほどほどに
木の実もほんの少し
野菜は作らず
肥やしも与えず
雑草のような草花
めだかと一匹の金魚

一日に一回だけの餌やり
夜半には風をなだめ
雨水がたまらぬように
たまには雪も降るが
朝日も西日もほどほどに射す

それでも
春には真っ先にヒヤシンス
紫陽花は予定通りに色を変え
ブルーベリーは鳥を喚び
夏にはアケビや花梨
秋には
色濃い木の葉が舞い
藪は真っ赤に染まる

庭守りはいつからかいなくなり
鳥も虫も舞台から退場
草花が薄れていき
木々が霞んで消えていった

夢のように
土埃りが舞い
からからと落ち葉が飛び去っていった
境のない遠くの果てに
空気の
果てに
ぼうと
空き地の守人が佇んでいる

わたしは庭を変えようとする

わたしは庭を変えようとする
あじさいを隣の家にあげ
辛夷と紅葉、目薬の木と月桂樹を公園に植え
花の咲く木々を親しい人々にわけ
果実のなる木々を植木屋に引き取ってもらい
ジャスミン、もっこうばら、のうぜんかずら、すいかずら
蔦ははがしとり
紫式部、山吹、卯木、はぎ、都わすれ、おだまき、忘れなぐさ、すみれ
野ばなは毟り取った
残ったのは八本のしまとねりこ
細かい葉をまき散らす
アッシュツリー
そして茶色い地肌の裸土
いつか塀を取り払おう
この庭は
廃園になることはない
庭師がいない
この庭は
しまとねりこの大樹が
灰を撒き続ける
空き地

旅順博物館にて

オアシスに水が湧き出て
あたりが緑で覆われていたころ
あの者たち
地中深くの異界へ追いやられていた
しぶとく
身を潜めて
やがて水が涸れ
緑が砂に埋もれていった時から
あの者たち
しだいに
地表をめざし
やがて
地上世界の住人となった
九人もの仲間で
まるで
いのちとよばれてきたもののように
生き延び

うっすらと色まで残して
エロスとよばれてきたもののように
惹きつけ
招き寄せ
目を釘づけにし
心を奪い取る
あなたたち
メッセージは何か
こうして
堂々と見せつけ
昔と今を曖昧にし
生と死をまぜこぜにし
これが本質だとでも
言いたいのか
文明が滅びても
なんのその
王朝が滅びようが
革命が何を破壊しようが
表情も変えずに

あなたたちみたいに
生き残ることはできない
メメントモリならまだしも
生き続けることを
見せつけたいのか
こうして
目の前にいることを
喜んでもらいたいのか
美しいと言ってほしいのか
その細い手足を
その普遍的な顔つきを

満開のアカシアの木々も
古びた博物館の建物も
たかが一世紀も経っていない
新参者
あなたたちより
早く消えていく
あきらめのよい
逃亡者
もう十分と
緑とともに
世界の古参者よ
この文明も
生き残り
もう少し
そのままで
そのままで

化石博物館にて

長い暗闇の中を上って来た
ゆっくりと時間をかけて
思えば
時間などあったのか
長いか短いか
自分だけ

といって
自分がわかってきたわけではない
樹か
石か
上へ上へと
少しずつ
頑なに
周りには
柔らかくなっていくものもの
下へ下へと
着実に
時を刻んでいる
気配
形を崩し
落ちてくるものを受け入れ

ああ　何というこの固さ
生き延びる
この冷たさ

吸収されない
ここに在り続ける
自分のまま
一〇〇億年
二〇〇億年
動かなかった
消えようともしなかった
溶けない軀
さようなら
暖かい湿り気
さようなら
醒めない眠り
遠いと近い
小さいと大きい
自分のまま
解けない意志

風の中で揺れた
光と雨をもとめて

手足を
のばせるだけのばした
夢の中の
意識の残影
周りに花々は咲いていたか
石のように
黙り
巨木のように
天を仰ぎ
一番乗りの孤独
その時
その小さい身体で
永遠を夢見
心を閉ざしたのか

気がつくと
見られている
ガラスの中の固いヒーロー
初めて花咲いた

晒しもの
意固地に生き残ろうと
石になった
あの美しさで
あの若さで
メドゥサに睨まれた
滅びゆく美から
朽ちない固さへ
そして
晒される栄光へ
電光のガラスケースの
灼熱のスポットライト
初犯の永久戦犯
最初に見つけられた功績
ガラスの中の永遠
それでも
一〇〇億年がせいぜいの
瞬間の出来事
大きな建物の中の

一幕ものの舞台劇
初めて咲いた花の
ストーリー不明の物語
学者もわからぬ
シナリオライターはどこだ
遅れてやって来た
演出家
色のない
形だけ
身振りも台詞もない
寸劇の
なんという機嫌の良さ
なんという明るい舞台
なにもかも
封じ込めた
この感動

青い藻の海

1　見知らぬ場所

ここはどこだろう
こんなに冥い夕べ
木の下に立っている
この木は見たことがある
庭のスロープが下りきったところ
一本だけで立っていた
いつも窓から遠くに見ていた
あのいちいの木だ
鳥居のように
あちらを隔てて
こちらを無惨に
そして退屈な
曖昧に
流されて
ここに来たのだろうか

それとも
すっと体を浮かせて
一息に来たような気もする
ここには
来たことがある
いつもいたような気もする
ぽっかりとそこだけ開いた
穴の中の風景
そこに影のように
うっすらと
立っていた感覚
記憶のような
あくまで見えない形
遠いと近いは逆さま
いいと悪いもあべこべ
あの人が悪かったわけではない
神様だって
静止したまま
ここには

はじめから
そこにあったような
停止
忘却と谺が
混ぜこぜに
引き止める
見つめられることも
見返しもしない
遠い悲惨と
その永劫を確かに超えると
広がり続く
茫野
どのようにして
ここまで来たのか
ここは
たしかに
異界なのだ
こころの中の

4　いやに鮮明な

モノクロの煙幕の奥深くに
色のある世界が開けてくると
目をこらせば
地表近くに薄い桃色の花々が
あたりを覆っていると
肌を研ぎすませば
灰色の空気の中を
薄緑の胞子が飛び回っていると
スクリーンは見せかけの世界
どこまでも平たいなどと
思ってはいけないと
ここまで
誘って来たではないか
目には見えないが
その向こうに
もう一つの季節があると
快楽の
無邪気な
季節
だがこの
ぼやけた暗がりに
焦点があい始めても
どこまでもモノクロの
いやに鮮明な世界
この空間を
様々な形と色で
曖昧にしてはくれないか

8　吐き出す

形はない
すべてがはみ出した
止めどなく滲み出た
次第に
さまざまな
怪物のような姿をみせるが
アニメーションのように

いつも動いている
自発的にでもなく
テロリストのように
脅かさず
クローンのようには
役に立たず
液体のような
ぬめりもなく
残骸に切り傷はない
廃墟を見下ろして
吐き続ける白い犬の彫像
イ・ブル慰撫る技
重さは消えた
浮いている白色
拠りどころがない素材
白いかつての内臓
ずっと昔
理想郷があったわけではないと
明確に区切る線

テリトリーの境
惨事を防ぐ形が
あったわけではないと
すべては
誤摩化しの記号
白い吐きもので
一枚の履物となった夜景
べらぼうな幻想の美学
すべてを吐き出したのが
わたしだったらよかった
形より大きなものを求めて
自らの手足を解体したのが
わたしとおまえだったらよかった
見えるのは
確かに不気味な
都会の白夜
誘惑する
形のないもの
見知らぬ外部

アッシャー家の
深い淵の周りを取り巻く
白い氷の山
空気のない世界
浮遊するばかりの
そこに行けば
おまえがいるのか
メランコリックな
白い原野の果て
ここまで歩いて来た
煉獄の果てへ向かい
遠くの滝音が
身体のないものも
壊して見せるなら
行ってみよう
日の終わりに
白い果てへ

9 割れる

天空が割れて
ばらばらなものものが落ちて来た
天空を破って外へ出るのが
決められたことだったのに
割れた心も落ちて来た
いつの間に
心が育ったのだろうか
まだ目も開かないのだから
ほかのものたちは
自分で出て行ったのだろうか
一人だけの
殻の宇宙
破片を抱え込んでしまっては
空になるはずだった
破片だらけの殻
ああもう始まりでこうだ
だがきっと

出発点ではなかったのだ
未だ濡れたままの体毛が
天空からの光で輝き始めている
破片がこんなにキラキラ光っている
割れた心を囲んで
これはきっと
始まりでない誕生
今まであったものからの
誕生日
続いていたものから
未だに到達しないものから
ああ　書かれなかった数々の
ラブレター
いつの間にか届いて
部屋の隅に積まれている
空気の薄い場所に
つけなかった注釈
手紙の中の言葉に
あの人に

世界中の読み
未来のフットノートを
マージナリア
鉛筆での書き込みは
貴重本図書館では禁止
余白ばかりのメッセージ
ここは
死者が
歩いた形跡のない
浄化の荒野
浄めるのは
この異界を行くもの
高山病にかかったまま
あの
氷山の場所まで

落下するものもの
すべて
降り注げ

予定時間が過ぎていく
この固い
恐竜の卵殻は何時頃のもの？
マンモスなら大丈夫
血液は赤かった
ＤＮＡ採れますよ
生き返らせます
一〇〇億年は無理
昨日は
そこまで追っていこうとした
幸運な詩人のように
案内人はいないが
天国のように高くなく
地獄のように深くない
非在地区
どこまで歩いても
気がつくと
大きな殻の中
遠くに
聞こえるのは
オペラの歌声
フェリーニの埋葬舟は
もう出立した
青い藻の海

10 舟へ

藻の壁に小さな穴を開けて
外を覗いた
青い藻の森が広がっている
こんなに守られていたのに
こんなに迷子
底まで行きつかなかった
重いと軽い
沈むと浮く
夜でもなく
昼でもなく
どちらかにしてくれないか
突然こんなところに連れて来て

こんな不意打ち
メランコリックな
青い藻の迷路
順路はないのか
迷子の彷徨の果て
一所にとどまったまま
どのくらいの時が経ったのだろう
無防備な
ふさぎ込んだ
藻の褥
ねばねばの憂鬱に巻かれて
うとうと
永劫の安楽を
微睡んでいたのかもしれない
時間も他者も
何もない
無重力の
色のない孤独の中で
浮かんで

外に広がる
あの
青い森のどこかに
舟が待っている
座礁したまま
真っ青に染まった
あの難破船
送ってきたまま
あなたが乗り捨てた
小さな舟
待っている
そこまで行くには
青に浸り
青を通り抜け
藻に送ってもらう
ゆらゆらの
頼もしい護衛
狭い穴にねじ込まれて

あそこまで行かなければ
お腹は空っぽ
ちぎりとられて
持ち去られた
手足が
踊りながら近づいてくるだろう
青をください
あそこまでたどり着けば
独りで帰ろう
迎えでもない
送りでもない
船頭の消えた舟にのって

（『青い藻の海』二〇一三年思潮社刊）

詩集〈東京のサバス〉から

今日おばあちゃんが死んだ
いや明日かも知れない
東京は一日早いのだから

（いつもの朝と……）

いつもの朝と変わらない
光が果てから流れてきて
何かをかならず知らせてくる
目覚めの瞬間
二〇〇〇年続く予兆の
一瞬の時
影がひいていく
そこに誰かがいたのか
立ち現れようとしているのか
そこにあるものとないものと

言葉にならなかった言葉と
心の中でだけ語られた物語
光と影が
混じっているのか
あるいは
互いに冷淡なまま
遠のいていく最中なのか
昨日も今日も
ただの大昔
終わらない大昔
結末にいたらない
長い退屈な物語
生きたものたちの
処理できない情報だらけ
だが　いつも
知らせは伝わった
気がつかないだけの
知らせだらけ
とりあえず必要なものを詰めて

帰ろう
触れることのできない
その時に
なんとか間に合うように
サバティカルの時間へ
いつかのあの時に
もしかしたら
蘇るかもしれないと
始まりも終わりも
定かではない
あの物語の中の
あの瞬間に

（ああ　みんな着いた）

ああ　みんな着いた
家族だけの葬式
みんな洗っている

不在の死者の身体
顔を清め
髪を梳き
二〇〇〇年の香油で
みんな不在
みんな他者
みんな家族
みんな遍在
終わったのは何か
新たに降りてくるものはいるか
あの
生まれたての赤ちゃんの
記憶
魂なしの
ピカピカ袋に
ガラスのように光る
二十世紀のかけら
丸ごと入る
つるつるの骨壺に

お帰り　みんな
ありがとう　みんな
でも
これで終わったわけではないからね

＊＊＊

金曜日の葬式
クリスマスも過ぎた
元旦も終わった
イースターは？
家族だけの
魂葬
神様が
魂をみんな持っていった
おばあちゃんが
残骸をみんなかき集めて逝った
残された
つるつるの表面
おばあちゃんの贈り物

花や供え物に混じって
残った宝物
まるで卵の殻のように
真っ白
空の贈り物
抜け殻の
再生譚
炎に投げ込んだのは
二十世紀の
ほんの少しのかけら
おばあちゃんの不在
あるいは遍在
からからと
自足

みんないつ帰るの
サバティカルが終わったら
どこにいるのかな
みんな　みんな

アムステルダムにはもう帰らないよ
香港もそろそろ引き上げ時
では
サンタバーバラで会いましょう
束の間の
夏休み
寒流の海辺で
遠くの沖を
還流が通り過ぎていく
青い海の
夏休み

明日はサバス
蠟燭を灯さなければ
燭台はどこだ
ベツレヘムで買った
という
あの燭台は

（『東京のサバス』二〇一五年思潮社刊）

評論

山姥の夢　序論として

はじめに

山姥。白髪、あるいは黄ばんだ藁のように乾いた髪の毛を茫々となびかせて、山を走りぬける老女。老いてはいるが力強く、大きな身体の動きも早い。ぼろぼろの布をまとい、麻縄の腰紐を結んだ裸足の老女の鋭い目、深い皺、大きな口と、その容貌は恐ろしい。

山姥は人を喰うといわれている。男を山奥へ誘き寄せ、とらえて食べるといわれている。若い女を狙うともいわれている。山姥は大喰いで、頭のてっぺんに大きな口を隠している。家畜や赤ん坊まで食べてしまう。食べるためには里に下りてきて働き、人の役に立つこともある。人を喰わない山姥もいる。糸繰りの上手な、大きな乳房を持つ多産な女で、その死体を焼くと畑が豊かになり、不思議な増殖力と豊穣を村に与えるとも言い伝えられている。その姿を若い女や動物などに自在に変える変化の術を持っているといわれることもある。働き者で美しい妻がじつは山姥であった話など、山姥は異類婚譚の異類の女にも近い。

山姥は超自然的な力を備えていて、扱いが悪いと仕返しに天災を引き起こしたりする。山姥は突然怒り出して暴れると手に負えない大力を発揮する恐ろしい存在で、滅多に里へは下りてこないのだが、さわらぬ神に祟りなしと、里の人は恐れて近寄らず、なるだけかまわないようにしている。だが、村人が我慢できなくなって山姥にかまうときには、たいてい山姥は無惨な死に方をする。

こう書くと、山姥は異様で奇怪だが、魔女や鬼女や妖怪のように邪悪なだけの感じが少なく、無邪気で大らかであるときもあり、滑稽で可愛らしい場合もないわけではない。汚らしく貧しいが、たくましい生活者のような感じがする。山姥というのは、食べるために山から山をめぐり、ときには里に下りてきてもしぶとく生き残ろうとする女、あるいは生き残ってきた老女のようでもある。

山姥は、食べることに一心不乱で、また、多産で母性的な生活者であるだけでなく、どことなく遊び心もあり、山道で人に出会うと歌を所望する山姥もいたという。ユーモラスでもあるらしい。豊穣な母と貪欲な鬼女、恵みと災い、生と死のあいまいな領域に存在する奇怪な風貌の老女。その棲息する場所が山であることだけがどの話にも共通している。

事実、神話や民話の中の山姥の像は多様である。日本の各地のさまざまな昔話、伝承、民話の中で、山姥は多くのバリエーションで語られてきているが、『古事記』や『日本書紀』のイザナミノミコトやコノハナサクヤヒメなどとの類似性も指摘されて、神話にも深く関わる古い伝説の人物なのである。近年は、主に民俗学者を中心に、その社会的起源や物語の上での特質、話の類型と分布などの研究がなされてきた。山姥は、「山に棲《す》む老女」をキーワードとして、妖怪、鬼、山ノ神、地母神、山の民や遊女や漂泊民、山賊などとどこかで共通項を持ちながら、一般の人々に恐れられつつ親しまれてきた物語のキャラクターとして、日本人の想像力の中に位置を占め、その形と意味の多様性とあいまい性によって、文学のテキストにもさまざまな人物像形象の原型として用いられ、定着してきたのである。

『今昔物語』の説話に伝えられる、山中に迷い込んだ若い女の出産を助け、女と赤ん坊を食べてしまいたいと思いながら逃げられてしまう山姥。『更級日記』の語り手が旅の途中の足柄山中で出会う、美しい声で歌う山姥を連想させる女は、娼婦のなれの果てでもあろうか。人であることの宿命を遊ぶかのようにありのまま受け入れて、煩悩の山をめぐりつづける能の『山姥』の老女。男をたぶらかし、畜生の姿に変えてしまう、泉鏡花『高野聖』の山に棲む美女。

山姥は、民話や説話の中にだけ生きる過去の存在というよりは、語り手や書き手によって、語り直され、書き直される新しい像である。山姥は、時代と文学の想像力によって新しい人物像へと形象され、テキストに書き込まれ、書き直されていくことを通して、現代までの物語の中に生き残り、女性の新たな生き方の哲学を担って蘇ってくる原型的存在であるといえるだろう。

山に棲む女

多様な山姥像に共通する特徴は、山姥が山に棲む女、より具体的には、里には棲まない、あるいは、棲めない女であるということだ。テキストの中で女性の類型化、分類化が行われるとき、それが女の居場所による、女の領域化と結びついているのが、顕著な特徴である。人種や民族による類型化や分類化も、棲む場所や、ゲットーのように、居場所による領域化が見られないわけではないが、女性の場合は、あるいはジェンダーの類型化や分類化は、人種や民族を横断しての領域化が特に目立った特徴である。

金髪ー青い目、黒髪ー黒い目といった身体的な特徴が、女性存在の本質的な違いを表象するものとして記号化されることもあったが、それは民族の違いやキリスト教と異教徒の違いを表す記号というよりは、自分たちの社会の中に棲む女性であるか、その外に棲む女性であるかの分類であり、外に棲む女性を社会内、家族内に入れないための記号化なのである。社会の外の女は、危険で、疑わしく、飼いならすことのできない力を持っている。善悪に対する社会の評価の基準にあてはめることができず、そこからはみだしている。

日本の山姥の場合はさらに明確に、領域化によって分類される女であることが明瞭である。山姥は里の女ではない。里に囲い込むことができない女である。里の女は定着する女だが、山姥は移動する女である。山姥は山に棲むが、一所に棲むのではなく、あちこちを自在に動き、里の者にとっては神出鬼没である。山はそもそも連なっており、囲いをつくって領域化することがむずかしい場所だ。そこに棲む人も動物も飼いならすことがむずかしい。里は、その危険な山から自分たちの場所を隔離して、安全な場として確保するために領域化した場所だといってもいいだろう。そこに入れるのは、あるべき女の理想像としてテキストに表象され、記号化されている、里の女である。山姥は、その里の女の規範から逸脱した者として語られ、表象される。

里の女とは、祖母であり母であり娘である、家族の中の女である。たとえ結婚していなくても、家長の姉や妹として（家長の家の子どもたちにとっての伯母や叔母として）、家族に属している家族内存在である。そこでは女たちは、家族という経済システムの担い手であると同時に、それに依存している。そして、この里社会の周縁に、家族には属さないが、里社会に依存して生きる女たちの領域がある。それは例えば、かつての「赤線地帯」のように、娼婦たちを領域化して差異化する場所で、そこは里に対する野といえるのだろう。野までは里の人々は往き来する。野はむしろ里のために必要とされる場、里の生活が円満に運営されることを支えもする周縁の場でもある。野の女も里に入ることがあるが、それは野の女が里の女に変身することを前提としてである。野の女は、里にとっては異類の女であるが、その異類性を隠したり、洗い流したり、再教育したりすることが可能とされている。その本質である「野」性が変わらなければ、民話の異類婚の女のように、いつか化けの皮がはがれ、本性が露見したとされ、里から出ていかなければならない。

山姥は、その野よりもさらに遠く、里とは交わらない領域である山に棲む女である。山というトポスが、すでにそれだけで、そこに棲む女の本質を表象し、山姥を里の女から差異化している。山姥は里には棲めない女。限定された役割にはめこまれることを嫌い、拒否し、里に定住するよりは、自由に居場所を選択したい女。山姥は里の男が飼いならすことができない女であると同時に、定着を拒み、移動し、放浪する自由を好む女である。本性を隠すことも、仮面をかぶることもないから、その本性を変えることも、再教育されることもない。

山は里にとっての異領域であり、異文化である以上に、里のコントロールの不可能な治外法権領域であり、そこに棲む女は、里の男にとって、二重に差異化された性的存在なのである。囲い込み、飼いならした里の女を規範として、それに照らして見る山姥は、周縁化された女という以上に、男たちの理解も支配も超えた不可触領域に棲む異類の女なのである。

里の女と山姥

里の女は里の男によって、よい女と悪い女、望ましい女と望ましくない女、ヒロインと脇役などに分類されてきた。それは、家族－家庭内の女の理想像と、家庭の外の女の、典型による分類でもあった。よい女はよき母、よき妻となる女であり、産む性と母性を全うする女の性の体現としての女である。産み育てる女の力は、里社会の存続のために必要不可欠であり、その力は崇められ、尊ばれ、保護され、管理された。家族－家庭内で夫や父に従う、貞淑で謙虚で自我の主張がなく包容力に富む女は、家父長制家族を基盤とする男権社会となっていくにつれて、理想像として賞賛され、規範化されて、里の女のあり方を規定してきた。

悪い女は、里の「よい女」の規範からはずれたり、その規範に従うことを拒む女であり、里の掟によって裁かれ、処罰され、結婚できなくなったり、離婚されたり、村八分にされたり、嫌われたりする。悪い女は、近代になるにつれて、自我の強い女、自分の欲望を表現する女、性的な魅力で男をあやつる女、子どもを産みたがらない女、自立心の強い女と、さらに多様に定義されてくるが、それらはみな、家族と家庭の規範を基盤にして成り立つ家父長制社会の中で、女に要請される役割規範に従順ではない女の類型化である。だが、悪い女は、里の規範の裏側を表象する点で山姥予備軍ではあっても、山姥なのではない。

山姥は、悪い女とは異なって、そのような里の規範による女の分類にあてはまらず、したがって、女の類型化を無意味にする。山姥は、その本質があいまいであり、多義的であることによって、里の規範そのものを無化するのである。里の男が女の本質的な力と考える、産む力、育てる力、母性、豊穣な身体のすべてを持ちながら、同時に、その力が過剰であり、里の女の性役割から逸脱している。里の女が持つべき「女らしさ」、つまり、貞淑、従順、慈悲、寛容、謙譲などの徳目を欠落し、自由奔放で逞しく、荒々しく粗野で、自己の欲望が明確で、感情や自己主張が激しい。怒らせると里の人々を襲い、懲らしめ、破壊もするし、理由なく悪さもするが、何かの時、非日常の時には、神のような超人的な力で、里の人間を助けたり、救ったりする。里に棲もうとしないが、里に敵意を持っているわけではなく、気が向けば山から下りてもくる。何よりも山の女は里に入りたいと望まず、その存在を里に依存しない。山姥は、里の規範に照らしての解釈も、定義づけも不可能であり、したがって、コントロールや教育も不可能な、里の男の手に負えない女なのである。

山姥は、農耕社会の成立に伴って排除され、里社会が広がるにつれて次第に居場所をなくしていき、山に住処を求めた山の民の女でもあるだろうし、また、里という社会から追放された女でもあろう。山姥の起源がいずれであろうとも、山姥のキーワードが山であることに違いはない。先に述べたように、山というトポスが山姥のアイデンティティであり、領域化による女の分類化、差異化によって、山姥という女の類型が形成されている。

姥という記号はどうであろうか。姥は字の示す通り、普通は年老いた女を意味する。また、実母に代わって赤児に乳をやる乳母のことをもいう。民話の中の山姥は、里の女に比べて、醜悪の基準を超えた異形の女、定住する里の社会生活の行動規範を超えた放浪ｰ移動する女、家族生活の倫理規範を超えた自我と欲望の強い女、要するに、女というジェンダーの定義を逸脱する異常な力を持つ女で、里の女を基準にしては理解も分類も不可能な女ではあっても、かならずしも年老いた女ではない。若い山姥もいる。

性差文化の「外」の女のメタフォアとしての山姥

山姥から人が受ける老女というイメージは、西洋の魔女が老女のイメージと結びついて表象されてきたのとは、視点が多少異なっている。老女は、産む性としての女、家族内の女の役割を女の本質とするジェンダーシステムの中では、すでに任務を終えた存在であり、里のジェンダーのドラマの中では脇役である。人生の辛苦を経てきた老女は、知識や経験は持っていても、若さを失い、中心から外された妬みから、邪悪な欲望と奸策を産むと考えられて、魔女に結び付けられている。魔女は里の女の老いの否定的な側面を表象し、記号化している。

里の女の老いが、役に立たない余計者、周縁へ押しやられた厄介者の側面を表象しているのに対して、一方の山姥は、そういう老女ゆえの邪悪さという道徳的な裁断を逸脱する存在として形象化されているのが特徴である。

山姥は姥棄てにされた老女だという説もある。民話の中の山姥は、たとえ里に棲めなくなって山に棄てられたにしても、棄てられた山で生き残った老女だ。棄てられたままにおとなしく死ぬのではなく、生き残って山を居場所とした、知恵も体力もある老女だ。民話の中に表象され、テキスト化されて生き残るだけの、無視できない、したたかさと生命力に満ちた老女である。山姥は、若さを妬む者というよりは、老いてますます盛んなのであり、周縁に押しやられた余計者というよりは、里からの排除をものともしない自由を体現している。山姥は、自らの自我と欲望、そしてライフスタイルを貫く意思と力とを有しており、それが里のジェンダー制度の枠外の存在なので、恐ろしかったり、あるいは逆に頼りになったりするのである。

山姥は、豊穣な身体や産む力などによって、女であることを裏付けられていて、一方で、男をとらえて喰うということで表象される、男への依存や保護を拒む、男とも闘い、力が勝る存在ではあっても、あくまでも女という範疇で語られている。山姥は魔女や鬼女のように、女としての不幸を復讐や怨念によって報復し、里へ意趣返しをしようという、里の女の抑圧された自我の表現として、里のジェンダー文化の深層から形象される女－老女像ではなく、里のジェンダー制度の外部に存在する女像である。山姥自身が、里の女の置かれた、ジェンダーの基準にあわせて自らを考えることから自由なのが、その像の特徴なのである。

山姥が一方で、里から棄てられた老女の生き残りという女の生命力を象徴するとすれば、他方で、山土着の女の生命力をも表している。各地に残る金太郎伝説は、里を追われた男が山の女と出会って、里の男の持ち得ない力を持つ跡取りを得るという、里によって懐柔され、軟弱化した里の女にはない生命力と子を育てる力を持つ、原初的な女の力を象徴している。里の女はその原初的な力を失った、山に棲めない女なのであり、山姥の棲む場は、里の外であるばかりでなく、里の失った原初の生命の場としての幻想の桃源郷である。

このような山姥像のテキスト化は、里のジェンダー文化の外部への恐怖、興味、憧憬、畏敬の念の所産であり、それらの表象であると考えることができる。これらもまた、里のジェンダー制度とその文化は、家庭内存在としての女性を周縁まで領域化して分類し、テキストに類型化を行ってきたので、そこからほぼ完全に排除される性的存在を、細かい分類や類型化をせずに、「山」という外部の空間にひとからげに領域化したといえる。そこはジェンダー文化の論理や想像力が届かない領域であったので、ジェンダー文化の深層にためこまれる願望や欲望や怨念、人間関係における感情の対象外の存在として、山姥的な女が形象されてきたのだと思う。山姥の表象に、常にどこか滑稽なものを楽しむ興味本位や遊びが見られるのはそのためだろう。奇怪な異形で、滑稽、恐ろしくて可笑しい、グロテスクでビザールだが、善悪の基準を超えている、異類や超自然的な存在。

そんな里制度と文化の想像力と判断の外部にいる性的存在の形象化が、山姥の総体なのではなかろうか。山姥は、性差制度の外部の女性のメタフォアなのである。山は性差文化の及ばないトポスなのである。

「野」に生きる女たち

山姥が里の制度と性差文化の外部にいる女性の総体的形象化だとして、そうした女たちがさまざまな文化において、それぞれに異なった形象化をされてきたことも考察されなければならないだろう。アイヌの神謡いの女性や沖縄の巫女、宗主国の文化では理解も管理も不可能な、アフリカやカリブ海地域などの植民地の原住民の女性たちやクレオールやムラットなど、周縁領域にいる外部的存在の候補者たち。性差文化のテキストは、日本における山姥ばかりでなく、このようないわば山姥候補者や予備軍をも描いてきた。これらの候補者は、通常は里と山の中間領域に棲む女として領域化されていて、里と山の中間領域である「野」に生きる女たちの形象化は、山姥像形成過程の一端を物語るものとしても興味深い。

一、二の例をあげれば、『日本霊異記』の異類婚話である狐を娶る話では、野の女は狐の化身だが、里に棲んでもよき妻である。性的な魅力に満ちていて、男にも愛されている。一方、『今昔物語』になると、妻の留守中、野にさまよい出た男が狐女に誘惑されて危うく破滅するところを、旅の僧に読経を頼んだ家人によって救われるという話になる。『日本霊異記』では、狐は本性がわかると里にはいられず野に帰っていっても、狐女はそれからも男と寝るために里に帰ってくるし、女が産んだ子は成長してその地を統治する者になるが、『今昔物語』では、仏教の力で本性を顕わした狐女は、もちろん男から引き離され、子狐ともども里から追い出される。

『日本霊異記』の狐女は里の外にいる野の女だが、里の女にない豊かなセクシュアリティと産む力が、人間を超えた存在—狐の化身であることで説得される設定となっている。狐女のセクシュアリティには善悪のしるしづけはなされていないし、狐でありながら人間と交わることに、存在論的にも、道徳的にも、裁断が下されることはない。しかし、狐であるということ自体が里には本来的にいられない女であるということの自明な理由とされていて、その意味で、狐女の身体は野の女というしるしづけをされているのである。狐女は野という里の周縁にいて、里の男の正妻にはなれないが、男に性的な快楽を与え、恋愛の対象ともなり、その子を産むこともできる、家の外の女なのであり、その意味において、「よき娼婦」の原型である。

それに反して、『今昔物語』の狐女は、性的な力で男を里の外へ、家の外へとおびき出す悪い女であり、そのセクシュアリティは里の男にとっては危険であり、里や家制度にとっては抑圧し、排除しなければならないものである。男が妻の留守中に迷い出る野は、あいまいな記号の領域ではなく、明らかに危険な、里の良民にとっての立ち入り禁止区域である。男のそこでの性的な快楽は、異類の力に取り憑かれた結果の幻想であり、その憑き物から離れない限り、里での生活は破滅する。『今昔物語』の狐女は、里にとっては「悪しき娼婦」の原型であるが、男にとっては、日常生活の外に性を通して生の実感を感じさせると同時に、身の破滅へとも誘うファム・ファタールであり、その意味で、里の価値を無化する山姥の心を垣間見せる、幻想の女の原型であるとも言えるだろう。それはどちらの視点からも、「けだもの」というメタフォアで表象されるにふさわしい、異界へと男を誘う、異類の女なのである。

周縁の女たち

里の周縁領域に生きて、ときには里への侵入者ともなる、外部存在の候補者としての娼婦が、里のジェンダーシステムを補完する「赤線地帯」(色街)という特殊な領域に棲む女として描かれる例は、日本の文学の中に多い。娼婦との恋愛が、家の中の女には求められない濃密な性愛を可能にするものとして描かれ、それが里の制度の外においてのみ可能であることから、破滅を賭けた悲劇的な恋愛の物語として描かれることや、色街の女にうつつを抜かして身を滅ぼすおろかな男と、非情で性悪な娼婦の話として描かれることなどは、近松の物語でも近代文学でも変わりない。恋愛や性愛が里や家制度の掟の外にのみ可能であることが、それらの物語の前提になっている。恋愛に生きる女たちは、家の中に安住することができず、そこに居場所を持つことを許されない。

一人の男に人生をゆだねることを拒んだ、恋多き女であった小野小町は、その老いと転落を通じて山姥伝説と結びついているが、家庭や結婚制度の外で生きる、こうした恋多き女たちの末路もまた、野から山への道行きであると言えよう。

大岡昇平の『花影』(一九六一年)は、家の外に出てくる男たちを手練手管でもてあそび、快楽を与えることで男に依存してきた、銀座の高級クラブの女を描く。年齢に比例して働くクラブも、依存する男も、次第にランクが下がっていくという、女の転落の筋道は、野の女の末路のストーリーの典型だが、同じ野の女の晩年を描いても、林芙美子の『晩菊』(一九四八年)は、それを女の目で描いていて、年老いた野の女が山姥に近い姿になっている。家庭がありながらその外に彷徨い出てくる男たちから金を搾り取ると同時に夢も快楽も与える、したたかで、生命力もセクシュアリティも強い、家の外の女に徹した芸者の、その意味で自立した女の姿がそこにある。老いて男をたぶらかす力を失ったことを自ら認める、現実的で打算的で、幻想のない女の姿は、悲惨でもなく醜くもない。それは、しぶとい生き残りの達人である山姥の姿を彷彿させる。

林芙美子はまた、『浮雲』（一九五一年）で、セクシュアリティの力で男からの自立と精神の自由を得ようとする女が、社会の外へと押し出され、転落していくプロセスを描いたが、それは自立心の強いセクシュアルな女が、里から野へ、さらに山姥へと変容していく道程を描いたのだとも言えるだろう。

西欧文学でも、女を里、野、山という領域を通して分類し、野や山という里の外の領域を文明の外部として記号化することと並行して、女の身体とセクシュアリティを記号化する物語の方法と言説を見ることができる。例えば、ジーン・リースの『サルガッソーの広い海』（一九六六年、邦訳みすず書房、一九九八年）では、イギリス人植民者の現地生まれの娘と乳母（原住民の魔術を使う女とされている）、そして財産目当てで結婚して娘を本国に連れ帰る男の関係が描かれ、現地文化から強制的に引き裂かれた娘が、やがてイギリスで狂女として屋根裏部屋へ閉じ込められるという、ブロンテの『ジェーン・エア』（一八四七年）のいわば前史ともいえる形をとって物語が展開する。理解不可能で、しかもコントロール不能と思われる植民地の女に、魔女や狂女というレッテルをはって排除する、イギリスの性差の制度やジェンダー文化の領域化による差別と排除と同じディスコースを基盤として、夫によるコントロール不可能な妻に狂女というレッテルをはって屋根裏部屋に閉じ込めるという、家の内部での領域化による排除が行われていることが、この作品では明瞭に描かれている。

野の女＝植民地の女は、コントロール可能である限りにおいて里＝宗主国の社会に受け入れられるが、そうでなければ、山の女＝野蛮な原住民の女、魔術を使う異教徒の女、狂女と見なされて追放される。山の女がコントロール不可能であるのは、その存在のあり方が里＝宗主国社会のジェンダー規範に照らしてあいまいだからだ。山姥のあいまいさは生き方の多様性でもあり、性役割の非固定化であるが、そのような山姥、あるいは山姥的な女は、里の制度を攪乱しかねないサバーシブな力を有し、里人と関わりを持たせないほうが安全な、厄介者なのである。山姥は里にとって、たまに現れる「まれびと」であるかぎりにおいて、文化のテキストに記録される価値のある存在とみなされているのである。

「女の原型」——語り直しによる山姥の形象化

この山姥が、現代女性文学において、魅力的で興味深い女性像として蘇ってくる。山姥が現代の女性作家の思考と想像力を刺激し、それが新しい女性像の一つの原型として見られるようになったことは、近代の女性表現を考える上で欠かせない重要な視点となっている。男と女、母と子、家族と女、性と生殖、老いと若さ、本性と仮性、山と里など、近代の女性たちが女性とは何かを新しく問い直す上で、また、自分の新しい生を切り開いていく過程で直面してきたさまざまな問題や思考と、本質的なところで深く結びついているからである。民話の中の山姥は、多様な形象化をされている多義的な存在だが、現代女性作家による語り直しを通して、山姥は多義的な女の性と生を生きる、自由な女の原型として表象されてくる。

近代化の過程で、女性は一方で母性を全うすることと、他方で経済的に自立することへの願望を内面化してきた。産み、育てる性としての女性のアイデンティティへの希求と、自立の願望とは、女であると同時に個人であろうとする近代女性の内面を形づくる核であったが、それは両立が困難で相容れない、二者択一を余儀なくされるものとして、女性の内面を引き裂いたのである。近代社会で再編成された性差の制度は、前近代社会の家父長制家族内の女性役割の固定化からも、男と女の二元論的な文化のジェンダーからも、女性を解放するものではなかった。

山姥が近代女性の自己探究における一つの原型となりえたのは、山姥が、母性と自立、家庭と仕事という、この二律背反の難題を解決するというのではなく、そのような問題設定を無化してしまう存在として、それを超える視点と想像力をはらんでいたからだろう。山姥の性的役割固定からの自由、ライフスタイルの多様性、定着を拒む移動性などは、女性規範からの解放と自由とともに、里の女の怨念からも解脱した、ジェンダー制度を超越した、その外部での女性のあり方と可能性を示唆したからである。山姥はジェンダー文化の深層から解放されているのである。

鬼女と山姥――馬場あき子の『鬼の研究』

山姥をはっきりと人間のあり方の形、女の生き方の問題として考え、山姥の実存的な意味とその記号性を、はじめて明確に批評の対象としたのは、馬場あき子の『鬼の研究』（一九七一年）である。それは題名の通り、鬼の研究であって、山姥の研究ではない。しかし、馬場あき子はそこで山姥を鬼と明確に区別し、能の『山姥』に鬼を超える生き方と世界観を見て、そこに能の作者、おそらくは世阿弥による「山姥の哲学」の明晰な表象化と抽象化を指摘したことにおいて、現代の女性作家の想像力の源泉の一つを掘り当てた、と言ってよいかと思う。

馬場あき子の鬼は、能の般若面においてはじめて文学的な人物像となった鬼女に、その存在のあり方を表象している。能では、鬼女も、山姥も、女の情念とその互いに異なった浄化のプロセスの究極的な形象化を試みていて、その意味で、鬼女と山姥のあり方、その哲学が、女の生き方と密接な関係をもって表象されている。

般若面は、鬼畜、妖怪変化の面とは異なって、女が修羅と夜叉へと変貌をとげた面であり、女の優雅や妖艶を表すほほえみをたたえた小面とは対照的な、恐ろしい内面を表す面である。馬場あき子は、この二つの女面を表裏一体をなすものと考える。隠すことは表すことという、日本的な美学にもとづいて、小面のほほえみは深い感情をその底に秘め、その深層に押しやられた感情とは、愛と嫉妬と憎しみに苦悩する女の修羅なのである。修羅の内面を持つ般若は、悟りを開いて成仏する。馬場あき子は、小面は悟りを開いた般若なのであり、そのほほえみは修羅を経て到達した般若の彼岸、一切空の境地を表していているという。

鬼とは、中世における破滅型心情の権化であり、歴史の中で蹂躙され、棄てられ、流転を余儀なくされた人間の苦悶の心情を体現したもので、それを女の情念に結晶させた表現が、女面－般若なのである。女の情念が、その破滅的な復讐の念や妄執を悪鬼羅刹として現すことによって悟道を得る、つまり、妄執を晒すことによって彼岸へと飛翔する。鬼は人間の心の闇に生まれた破滅を生きぬくしかなく、体制から追放された怨念に生きる生を選んだ存在の表象であり、そして、そのような生を生きるしかない女の変貌を表現するのが般若なのである。

馬場あき子は、能において般若面は女面の極地に置かれながら、その対極にある小面と表裏一体をなしているとし、小面が美しいのは、それが般若に変貌する刹那をとどめているからであり、死に果てずに浮かび上がる情念、破滅寸前の叫びをその雅びの底に秘めているからだという。小面のほほえみは、いつ殺意にも変わりかねないほほえみなのだ。

一方、山姥は般若とは違う。馬場あき子は、山姥は鬼のもっとも卓絶した形ではあるが、それは山姥が般若より、さらに自己克服的であるからだという。人間と世俗に心を残しつつ、情念の浄化と世俗からの脱出と回生を願う、悲憤の般若とは違って、山姥は、鬼と呼ばれようが何といわれようが、山以外で生きようとはせず、里や人と交わることを必要としない存在である。能の『山姥』は、生きるために不必要な理念を一つずつ捨て去っていった果てに、世評や世俗とはまったく隔絶した、独自な世界観を育んで生きる存在なのである。


能の『山姥』は、山から山へと山中を彷徨、移動し、「仮に自生を変化して一生化生の鬼女となって」生きる、素性のわからぬ存在である。ひとり山と対峙する山姥の姿は、厭世というよりは克己の姿であり、超俗である。自然そのものを生きてきた山姥でも、自然を超えることはできないが、しかし、その達観に立った山姥の語りは、自在な存在そのものになりうる生の姿の可能性を示唆する。馬場あき子は、能の『山姥』は、般若心経にいう「色即是空、空即是色」のはかない人間の業に遊ぶ、山姥の戯れを描いたものだという。

般若になる瞬間を留めて生を耐えるのではなく、鬼のようにあくまでも妄執を生ききることによって解脱に達するのでもなく、長い時間の中で世俗のすべてを捨て去っていった山姥のぎりぎりな生の中の、なお捨てて捨てえない人間的なものに、「惨澹たる襤褸の浄土」を見る馬場あき子は、能の『山姥』に語られた哲学は中世の文学の中で「最も貧しく、深く疎外された人々の思想」を現しているとし、それはすでに女の文学ではなく、「頑強な肉体と不屈な魂をもった男の極限の意志」の表明であり、山姥という放浪する棄民への鎮魂歌であり、妄執とともに消滅せずに生き延びる「最後の鬼」への悲歌であるという。山姥に自分を重ね合わせた孤独な中世の識者の「シニカルな超脱のまなざし」を指摘する馬場あき子は、山姥からジェンダーを剝ぎ取って、性差を超えた普遍性をそこに見ようとしている。

鬼と山姥を、ともに体制の外部の存在としながら、女の情念の破壊的超越の思想を鬼に、そして克己による脱世間という孤独な抵抗の男性的意志を山姥にと、それぞれのジェンダーの視点を付加した馬場あき子が、ジェンダーを超えた山姥よりも、能の『葵の上』の六条御息所の白練般若や、『黒塚』の女の落魄と妄執の般若の持つ、女の凄絶なトラウマの表現としての「怨の美」に、より深い共感をおぼえていることは確かである。

魔女変身の転位

そして、この凄絶な傷痕の表現としての鬼は、円地文子の『女面』をはじめとする作品の中に、復讐する女性像となって蘇り、女性が自我の表現を託した近代の女性文学における、女性像のひとつの原型を創り出している。

女の鬼への変身は、近代の西欧女性文学における魔女変身と共通するところが多い。女の怨念と復讐への意志、その浄化のドラマは、ダーク・ロマンチシズムといわれる西欧の後期ローマン主義思想の中核をなす破壊と破滅による超越思想の表現として、ゴシック文学の主流を形成した。しかし、魔女変身は、能における般若と同様に、あくまで自己破滅を通しての救済であり、たとえ文学作品、あるいは舞台上演における表現そのものにカタルシスが求められてはいても、物語のテキストやドラマにおいては、神や仏によって情念が浄化されなければ救済は得られない。そして、そのような物語やドラマでは、鬼や魔女は、愛と憎しみや嫉妬という女の情念、女の性の「業」と怨念というように、女という存在、女という典型の記号化に依拠したものとして登場する。物語やドラマの世界は、そうした記号によって構築されているのである。それは女が自ら選んだ自己のあり方ではなくて、社会が付加してきた女というジェンダーとその規範に、たとえ逆説的にではあるにせよ依拠しているのである。

それに反して、シルヴィア・プラス、アン・セックストン、アドリエンヌ・リッチ、ダイアン・ワコスキーなどのアメリカの現代女性詩人たちは、記号化された女という観念にたいする抵抗と反撃として、意図的に、魔女の語り、魔女というペルソナに託して、自己の内面表現の道を切り開いていった。日本における鬼女伝説と同じように、西欧の魔女伝説も、ジェンダーの文化を刻印されたものとしてある。女性詩人たちの魔女変身は、そうした魔女伝説のさまざまな側面に依拠しつつ、社会が排除する自我を持つ女に、自らすすんで変身することを通しての自己表現であったのであり、逆襲であった。魔女は、ジェンダーの役割に閉じ込められてきた女性の、文化の構造を逆手にとった自己表現の回路として復活したのである。

シルヴィア・プラスの魔女が男を食べる不死鳥の魔女であるとしたら、ダイアン・ワコスキーの魔女は復讐する魔女であるよりは、自然と超自然の交差するトポスを居場所とする巫女に近い。アドリエンヌ・リッチの魔女もまた、薬草を用いて病気や心の傷を治癒し、出産を司る産婆や民間療法の医者であるといった具合に、魔女という暗闇の女のペルソナ化は、歴史と物語の中にステレオタイプ化されてきた女のドラマの外に、自己表現の道を開くための、女たちによる意図的な書き直しの操作なのである。

日本の近代・現代女性文学に描かれた山姥像は、こうした西欧の魔女とも、馬場あき子のいう鬼とも通底しながら、しかしまた、それとはあきらかに異なる女の類型原型としてある。民話や説話の山姥像を下敷きにしながら、それを小説の主人公に形象化して、現代の女性の内面表現と新しい女性の生き方を模索した作品として、大庭みな子の『山姥の微笑』『浦島草』『寂兮寥兮《かたちもなく》』、津島佑子の『葎《むぐら》の母』『黙市《だんまりいち》』など、これらの作品では、それぞれの山姥たちは、それぞれに違った側面を見せながら、里の女の規範と記号化から解き放たれた、それぞれに自由な女性像として蘇っている。

(『山姥たちの物語——女性の原型と語りなおし』二〇〇二年、學藝書林刊)

詩の領域／詩の魅力　食べる

食べることは厄介である。食べなければ病気になり死ぬから、生きるために食べる、と言うと単純なように思えるが、心の調子によって食べられなくなったり、食べ過ぎたりするから厄介である。

身体にいいものを食べるだけではない。おいしいものを食べる、幸せになるために食べる、コミュニケーションを持つために、他人をもてなすために、交渉を有利にするために、ステイタスを示すために食べる。人は食べ、食べさせるために働く。自分だけではなく、客や友人、家族に食べさせる、一族郎党や民族や国民に食べさせるために働く。食べることは社会の仕組みそのものだ。

食料の調達は社会と国家、今では地球にとっての課題だ。食べさせることは権力でもある。食べ尽くされる地球。地球の反乱。食べ物を作らない地球。

お金がないと食べ物は手に入らない。食べ物は買わなければならないように近代社会はできている。サラリーマンの収入のなかから絶対に出費が必要なのは食費である。人は食べるために働き、誰かに食べさせてもらうと借りができると言うのは昔から変わらない。親のすねをいつまでもかじっている子供はパラサイトと言われる。食費を倹約している人、食べ物を漁っているホームレスの人たちもいる。世界を見れば食糧難の国、地域、階層は実に多い。貧困とはまず食べることに困ることなのだ。

一方で日本では食べ物が氾濫している。レストランも喫茶店もデパートもファーストフードの店もスーパーマーケットも、コンビニも食べ物を売っている。お弁当屋も屋台もある。過剰に供給されている。食べ物のゴミが山のように出たりもしている。食べ物を手に入れるのは簡単になり、食事は家庭で、あるいは自分で作らなくても、容易にできるようになった。

いつでも食べられ、単に食べるだけでは満足しなくなった人たちは、さらにおいしいもの、珍しいもの、高級なもの、健康や美容によいものを求める。食べ物を売る側にとっても、食べ物があれば売れた時代から、おいしいもの、健康にいいものでなければ売れないようになり、さらに食べることによって感動を与えることが目標になってもいる。食料品製造業者に加えて多くの料理雑誌、テレビ番組、料理教室、料理専門家、料理批評家、栄養学者、食器作家、そして、観光業者と、食べることを巡って、人々が職業や仕事を作り、社会が回っていく。

食べ過ぎで肥満になったり、手当たり次第食べて栄養が偏ったりする。食べ物が氾濫しているが、健康と美容のためにあまりある食べ物も食べられない。健康や美容によいものを選んで食べる人、安全な食べ物しか食べない人、おいしさにこだわる人などは、生活に余裕があり、食べることを文化として考えることのできる心の余裕のある人たちとされ、食べることは金持ちや教養のある階層を作っていく。貧困とは食べることを文化として考える余裕のない状態のことだ。

どんな人でも食べると元気が出て気分が良くなるが、食べないとお腹がすくだけではなく気分が悪くなる、病気になる、死ぬ、という事実は変わらないので、人は毎日食べ、それは生命を保つために食欲という本能が働くからだと思っている。しかし食べることは心の状態、不幸にも深く関わっているのだ。不幸だと食べられなくなるし、食べてもおいしくない。

病気になれば食べることが治療の中心を占める。しかし、病気になると心理的に食べられなくなる。食べることが楽しくも、幸せでもなくなる。食べる、食べないは心に関係し、精神や心理に関わる内面的な行為となる。食べることは心による行為、つまり、文化なのだ。食べることも食べないことも文化。本能も文化なのだ。

食べることには、食べ方という面倒なものもつきまとっている。箸の持ち方、食べ方、いただきますと、ごちそうさま、などなど、幼い頃から、人は食べることは文化だということを教えられながら食べてきたのである。食べ方によって育ちがわかるとよく祖母が言っていたことを思い出した。それぞれの家族や階層や社会、民族や国に特有の食べる文化ができていて、そこにうまく順応しないと拒食症や過食症と言った摂食障害になったりする。食べることは人間関係でもある。

食べるとは厄介なことなのだ。生き物は食べなければ生きていけないが、食べることが精神や心理や願望という人間の内面、社会関係や家族や性別や階層などの役割を巻き込む文化となっているからだ。

人は毎日当たり前のように朝、昼、晩と食べる。お腹のすき具合に関係なく社会が働く人の食べ方をコントロールしている。学校も、会社も、朝ご飯は家で食べ、昼食の時間を休みにし、夕食は会社を出てからとることを前提に働き方を定めている。食べないと生きていかれないから、食べるために働くという原理を実際の社会のシステムに入れ込むためには、社会は食べることをシステム化しなければならない。

アメリカで暮らしていた頃、肉を食べないというベジタリアンの友人や知人が廻りに多くいた。それもまた文化的な現象で、中でも若い人たちに、生き物を殺して食べるという文化に嫌悪を感じる人が多くなったことがあるのだろう。健康ブームと、親世代が当たり前のように、例えば、牛を一頭買って大きな冷凍庫に一年分の食用肉として貯蔵するといった肉食文化に対して反発を感じる気持ちもあるのだろう。アメリカ人でなくても成長する過程で一度はそのような、生きものを食べることへの違和感や疑問を持つ若者は多いのではないだろうか。生きているエビを料理するところを見た孫の一人が、決してそれを食べなかったことがあった。

生き物を食べないと言うことが嫌悪感だけではなく、生き方、価値観、思想、宗教になる一方で、地球という環境の保全が課題となった二十世紀の後半から地球の生態系を保っているのが、食べ、食べられる生き物たち、繁殖と死の循環を助ける生命体であることが新たな価値観をそだて、教育にも取り入れられるようになった。近頃は肉や魚を食べることへの抵抗が減っているのだろうか。人間も食べ、食べられて生きる生命体の一つであることを自覚しても、生態系を壊すのが人間の食文化でもあるのだから、やはり食べる文化が厄介なことには変わりない。

シジミ

夜中に目を覚ました。

ゆうべ買ったシジミたちが
台所のすみで
口をあけて生きていた。

「夜が明けたら
ドレモコレモ
ミンナクッテヤル」

鬼ババの笑いを
私は笑った。
それから先は
うっすら口をあけて
寝るよりほかに私の夜はなかった。

（石垣りん『表札など』思潮社一九六八年）

なんと言うすごい詩だろう。

翌朝のみそ汁のための砂抜きに水につけておくシジミは、人が寝静まった頃にはうっすら貝を開いてぶつぶつ音を出している。静まり返った台所ではその音がことさらはっきりと聞こえる。それは小さなしじみも生き物で、生きている証。そんな情景は主婦にとっては見慣れたものだ。買ってきたシジミが一晩生きていても、翌朝食べることに躊躇も、ましてやシジミに同情もしない。それは当たり前のことなのだ。死んでいたらかえって危ない。

しかし、ことさらに聞こえるシジミの呼吸音が、シジミが生きている証だけではなく、食べられるもの、そして食べるものに対して何らかのもの申しであるように一瞬受け止めるのが、このくせ者詩人の感性なのである。

食べられるのを待っているという状況はヘンゼルとグレーテルならずとも、死の危機に面した人質や死刑囚の状況であるし、サルトルは執行猶予の宙ぶらりんの状況こそが生きるという実存状況なのだと言い、カフカは理由はわからないのに死刑を言い渡され、処刑されることを待つだけの実存の不条理を書き続けた。

石垣りんのこの詩がすごいのは、それがシジミであることだ。シジミとそれを食べる詩人が同じ存在としてとらえられる感性だ。何となくおかしく、滑稽でもある。生き物が共有する宿命と食べる／食べられる文化を一瞬にして考えさせる情景が、人間とシジミと言うのが効いている。

　シジミだって、やがて食べられることを、その逃れられない運命にぶつくさ言いたいだろうし、その不条理を感じ取っているのは、他ならぬシジミを食う鬼ババの主婦＝詩人なのだ。

　少し脇にそれるが、異類婚の伝承の中で、私は鶴の恩返しのような美女の話よりも、蛤女房の話の方が好きである。日本の異類婚話にはバカ正直なだけで他に取り柄のない、うだつの上がらない男が、神様からのご褒美としてすばらしい女房をもらうという話が多いが、見事な織物を織り、自分の身を削って夫を金持ちにする女房の話よりも、自分の身体を洗って夫においしい汁を食べさせる蛤女房の話の方が発想が面白くて好きである。

　決して見ないと言う約束を破ってこっそり覗き見をしたら、蛤がごしごし身体を洗っていたなんて、男の方もびっくりしたに違いないその情景を思い浮かべると笑ってしまうのである。いい女房は美人ばかりとは限らないのだ。


　石垣りんのシジミとそれを食う鬼婆主婦の関係は、蛤女房と馬鹿男のそれとは違うが、鶴も蛤女房も自分の身体を呈して相手を生かしめようとするのだから、意識的にそれをするかしないかの違いで、食べ、食べられて相手を生かし合うことにおいては根本はあまり違わないようにも思える。シジミだって、何のいいこともしていない、ただ生きようとして懸命な主婦－詩人への神様からの贈り物なのだ。

　シジミを食ってやるというその彼女もまた、同じ夜をシジミと同じに口をうっすら開けて寝る存在、食べられるのを待つ、つまりいつ来るかもわからぬ死を待つ生き物である。何かつぶやいたり、よだれを垂らしたりして寝ている主婦の姿は滑稽でもあり、また、シジミに感じるのと同じ哀れみを感じさせる存在である。口わかったようなことを言う詩人もシジミも同じ食べ、食べられる生き物なのだ。シジミを明日は火にかけて食べる詩人も、やがて鬼の料理人＝死によって火にあぶられて食べられるのだ。

　食べることをしながら生きる生き物について、こんなに意地悪く、おかしく、みじめったらしくも哀れに描いた詩はほかに知らない。シジミという一つ一つがあまり大切に扱われない小さな貝、うっすらと口をひらいて、ぶつぶつ音を出して、生きている証拠を示している姿とそれを食べる主婦の寝姿が重ね合わされているところが滑稽で、生命や実存を語るにはあまりにも日常的な台所の風景にそれが課せられているのが、憎いほど巧みである。何ともおかしく、グロテスクで、冴えない台所の夜中の情景が、人間とシジミという小さな生き物の実存を、生きることの哀れで残酷なさまを現す情景として、詩のタブローに収められているのである。

鬼の食事

泣いていた者も目をあげた。
泣かないでいた者も目を据えた。

ひらかれた扉の奥で
火は
矩形にしながらなだれ落ちる

一瞬の火花だった。
行年四十三才
男子。

お待たせしました、
と言った。

火の消えた闇の奥から
おんぼうが出てきて
火照る白い骨をひろげた。

たしかにみんな、
待っていたのだ。

会葬者は物を食う手つきで
箸を取り上げた。

礼装していなければ
格好のつくことではなかった。

（『石垣りん詩集』ハルキ文庫二〇〇六年）

焼き場では肉体が火にあぶられて燃え尽きるのを会葬者は待つ。それは肉が焼かれて食べ尽くされ、やがて骨だけが残る食事の行為と同じようなことだ、と詩人は感じている。皆泣きながら、悲しみながらも、箸を持って骨を摘み、骨壺へ収める。まるで食事の後片付けのように、残った骨を見えないところにしまって、死の儀式が終わる。

食べる者は鬼、食べられる者も鬼として生命ある者を食べて生きてきた。葬式はその後始末である。生も死も司るのは鬼。他の生命を食べて生きる人の生の顚末を礼装して儀式化する人間の生き／死にの文化、食べる文化を、これほど滑稽でグロテスクな感性で描いた詩もまた少ない。

石垣りんは食べることと同時に排泄することについても、人間が働き、食べ、家族を作ることの根幹として考えさせる詩を描いている。戦後の生活難の時代に、家族を養うために働き続け、日常生活のこまごまとした営みもこなして、きちんと生きた人と聞いている。穏やかな風貌とやさしい少女のような声からは想像もつかない、物事の本質を見極める目と、鋭く皮肉な観察力、そしてブラックユーモアたっぷりの詩的想像力で、生活の日常の合間に顔を見せる人間存在のありかたを、独自な、恐ろしいほど心を震えさせる詩の世界に展開した女性詩人だ。

（「カリヨン通り」5号、二〇一〇年十月）

作品論・詩人論

対話　やわらかいフェミニズムへ

水田宗子
大庭みな子

懐かしい自然

大庭　水田さんと初めてお会いしてから、もう十年近くになるでしょうか。最初、お会いしたばかりだというのに、お宅に一週間もいたのでしたよね。我ながら呆れたものでした。でも確かあの頃、私ひとりだけではなくて、五人か十人くらい同居させていらっしゃいましたでしょう？

水田　ソマリアの人たちです。ソマリアという国は、年中政変がありますでしょう。イエール大学時代の友人に、ソマリア政府の要人になった人がいるのですが、急に電話がかかってきて、これから行くと言ってきたのです。アフリカというのは部族社会で、部族のひとりが失脚すると全員が運命を共にするものですから、その友人の家族という人たちも、あとからあとからやって来たのです。とても面白かったですよ。そういう人たちが来ると生活の違いがよく分かるのです。

大庭　そういう人たちを何人も置いていらしたなら、私ひとりくらい、どうということもなかったのでしょうけれど（笑）。

水田　大庭さんは五、六日ご滞在になったのでしたね。ロサンジェルスに住む日系人の方たちが文学のグループをつくっていて、大庭さんのファンが多いというので、そこに行ってお話をなさったり……。

大庭　水田さんからお招きを受けて、のこのこ出かけて。ホテルに泊まればいいものを、お宅にいたほうが楽しそうだと思って、おじゃましていたのですが、水田さんは超人だと思って、びっくりしたのですよ。お子さんが五人いらして、いちばん上の方が高校生くらい。下の方は、まだよちよち歩きでしたよね。五人もお子さんがいるのに、ご自分はお仕事を持って、毎日大学へいらっしゃる。そのうえ、何人ものお友達を置いていらしたのですから。それも一日や二日ではなかったのでしょう？

水田　そうですね。
大庭　見た目には、そんなバイタリティーがある方には見えないし、お書きになる詩にしても全然違いますもの。
水田　でも、あまり活動的なほうではなくて、いつもグズッとしているのですよ。
大庭　見たところはね。
水田　本質も（笑）。日常では何もしないのですよ。必要なとき以外は、どこにも行かないし、旅行もあまり好きではないし……。どうして子供をそんなにたくさん生んだのかと、よく聞かれますが、答えに困りますよね。気がつくと、生まれていたのですもの。大庭さんも、アラスカに十一年いらしたのですって？　ずいぶん素敵な生活だったろうと思います。
大庭　人が見たら変な生活だったと思いますよ。
水田　私がいた、リバーサイドというのは、何もないところでした。初めて行ったとき、地の果てかと思ったくらい。砂漠の始まりのところなのです。そこにいると何もすることがなくて、空を見たり、木を見たり、考えたり、ということくらいしかしないのです。でも東京に帰って来ると、そういうものがないのがたまらなくなって、またアメリカに行ってしまったりしています。
大庭　何もないところにいらしたと言うけれども、イマジネーションの世界では、多分そういうところで、何かを培っていらしたのだと思います。
水田　今では、リバーサイドにはあまり住まなくなってしまいましたから、とくにそう考えているのかもしれません。
大庭　いつから住んでいらしたのですか？
水田　一九七〇年からですので、十五年くらいいたわけですね。その前からアメリカにいまして、日本から長く離れていると、ちょっと悲しかったり、日本文化に対する関心が非常に強くなってくる感じがありました。でも最近いちばん懐かしく思うのは、そういう文化というようなものを超えた、リバーサイドの自然とか、その中で過ごした頃のことです。
大庭　東京に始終いらっしゃるようになったのは、いつ頃からですか？
水田　一九八〇年代に入ってからです。

大庭　そうしますと、五、六年くらいですね。初めてお目にかかった頃、日本に来たい来たいとおっしゃっていましたが、この五、六年こちらにいらして、前と今では、アメリカが違って見えますでしょう？

水田　外国に長くいた人は日本回帰をします。でも、日本に住んでみると、身につけた外の視点で見ますから、日本もまた厭になる。私も同じようなことがありましたが、今は、アメリカや日本というのではなく、文化そのものへの思い入れがなくなって、文化を超えたもの、あるいはその根底にあるものに魅かれます。大庭さんの作品にも、最近またアラスカがずいぶん出てきますね。

大庭　そうですね。自分でも、どうしてだろうと思っています（笑）。でも、あちらにいたときに見えたものと、ここで見えるものとが違うのです。

水田　もっと象徴性を帯びているのでしょうね。

大庭　ええ、リアリズムではないと思うのですが。

終わりがない世界

水田　大庭さんの作品を拝見していると、まるでフォークナーの作品を読んでいるような気がすることがあります。

大庭　そうですか、どういう意味で？　確かにフォークナーを愛読していた時期はありました。この十年くらいは、あまり読みませんが、学生時代から二十年くらい前までは、割合に読みました。

水田　私がアメリカ文学を好きになったのは、フォークナーからだったような気がします。大庭さんの作品の空間というのかしら、世界というものには、フォークナーに近いものがあるような感じがするのです。人物の配置も神話的ですし……。お書きになるときは、あまりそういうことは考えていらっしゃらないのでしょうけれど。

大庭　そうですね。自分のことは自分がいちばんよく分かると思っているのでしょうが、もしかしたら、いちばん分からないのは自分なのかもしれませんね。水田さんにそうおっしゃられると、そうかなと思ったりします。

水田　大庭さんの作品は、どれも皆つながっているから楽しみです。

大庭　全部そういうふうに続けようと思います。『霧の旅』とか『啼く鳥の』とか、今やっている『海にゆらぐ糸』というのは、登場人物につながりがあります。でも登場人物だけでなく、ほかの部分も、自分の中ではつながっているのです。そういう意味ではフォークナーの作品も、だいたいそうですね。日本文学では『源氏物語』などは次から次へとわけが分からなくなるくらいに、どんどん増殖していく世界でしょ。

水田　フォークナーの世界というのは、旧約聖書的ですよね。それに加えて、滅びた南部という世界がある。そういう過去も含めた時間の中で、人間をとらえようとしている。すべてが広がり、続いていって、終わりがない世界ですね。架空の空間があって、本当の南部かどうか分からなくなってしまうくらいに広がっていく。『源氏物語』の世界にも、そういうところがありますね。平安時代の京都なのか、それとも、もっと非常に広い空間なのか分からない。

大庭　そうですね。私は最近思うのですが、何か核のようなものがあって、核が動くにつれて波紋が広がり、それが続いていく、そういう作品にひかれます。私にとっては、それが非常に重要なのです。その感じがあるかないかが、作品の価値につながるのです。

水田　十九世紀の小説というのは、その時代の社会の中で生き方を探る人間を描こうとしていました。ですから、広がりといっても限度がある。でもフォークナーとか『源氏物語』とかになると、社会を超えていますね。

大庭　見たところは十九世紀的な形をとっている作品でも、傑作と言われるものには、やはり広がるものがありますね。たとえばトルストイなどは。

水田　そうですね。ただ、そういう広がりを感じさせるものというのは、女性を主人公にしたり、女性を通して書いているのです。トルストイもそうですし、フローベールも、ヘンリー・ジェイムズもそうです。

大庭　あなたは、それをテーマにして『ヒロインからヒーローへ』というりっぱな批評をお書きになりましたね。女性の自我と表現というようなものを中心にして。私はたいへん感心して読ませていただきました。

水田　よく自我といわれますが、近代文学における作家の自我というのは、結局ある程度、はぐれ者の自我ですね。文学者というのは、産業社会の中で、その主役からはずれてしまった者として出てくるわけですから。そういう文学者たちが、何かを託す主人公を捜すとなると、男性というのは、社会の中でいろいろな役割を果たさなければならないから、なかなか書きにくい。それに対して女性というのは非常に自由で、内面の発展性に対する想像力をもっているので、女性を主人公にして書くのだ、というところがあったのではないかと思います。

大庭　おっしゃるとおりだと思います。社会の中での役割を果たす、社会的に生きるということは、ある意味では拘束されてしまって、無限の広がりをもてなくなるということでもあるのですね。比較的社会的な生き方を阻まれていた女性の内部世界のほうが、はるかに柔軟なものを持っていた。そういうことに、男の人も気づかざるを得なかったのでしょうね。

水田　そうですね。私が好きな作品というのは、みんなそういう作品です。『源氏物語』にしても、光源氏を描いているのではないのですもの。

大庭　そうですね。最近、瀬戸内寂聴さんが『女人源氏物語』というのをお書きになって、女たちに語らせた物語にしました。もともと宮仕えしていた紫式部が女房の立場で書いていたのでしょうが、言わずに含んでいる部分を寂聴さんが読みこんで、現代の女性が読んで納得のゆくような解釈をしていらっしゃいます。

水田　『源氏物語』は現代語訳が非常に面白いと思います。与謝野晶子、谷崎潤一郎、それから円地文子。与謝野晶子のは光源氏中心で、光源氏がどんなに素晴らしいかとか、それに情熱を捧げる女の生き方といった世界。谷崎の場合は、もう光源氏は脇役みたいなもので、女性が素晴らしくて、その中で振り回される男性という世界。円地文子の場合は、女が溜め込んでいた怨念というようなものが中心になっている。こうなると、全く違ったドラマですね。

大庭　同じ曲でも、演奏によってずいぶん違うものだと思います。谷崎のを読みますと、雅びな言葉をふんだんに使い、ばかげた男社会を描いているという感じが非常に強く出ていますね。ブロンテ姉妹は女だけれど、男の人たちを書いている。日本でも有島武郎の『或る女』みたいに、男が女を書いた作品がある。

水田　フォークナーも、女性をとてもよく書いています。谷崎と似ているところは、女性に救済を求めるとか、女性に夢を託しているところです。女性から見れば、非常に抽象的だったり、象徴的だったりして、はがゆいところはありますが……。

大庭　ある面ではかえって、自分でないもののほうが見えるということもあると思うのです。けれども、それはあくまでも外から見たものですから、違うことは違うのですね。だから夢になってしまうようなところがある。

批評を超えたところで書く

水田　例えばシャーロット・ブロンテの『ジェーン・エア』は一八六〇年代はじめの自立した女性を描いた傑作だと考えられ、読まれてきた作品ですね。主人公ジェーンはお金もなくきれいではないし、性的魅力はどこというってないのだけれど、自分の個性とか知性とかいうもので、ロチェスターをひきつけて結婚する。つまり、ロチェスターという男性がもつ優位性や不遜なものに対して、人間的魅力で対抗するというような意味で、新しい近代の女性のひとつの典型を描いたものだと言われているのですが、作品の最後で、狂女が館に火をつけて館が焼け落ち、ロチェスターが男性的に障害者になりますね。シャーロット・ブロンテはジェーンに、あの老婆は自分の分身だと言わせているのです。こういうところは、これまで誰も取り上げてこなかったのですが、ある意味でジェーンは狂女と共謀して、ロチェスターという男に復讐したことになると思うのです。狂女はジェーンの内なる狂気なのですから。

大庭　なるほど。

水田　私はブロンテ姉妹のうちでは、圧倒的にエミリー・ブロンテのほうが好きで、『ジェーン・エア』のほうはあまり面白くないと思っていました。でも、今言ったような読み方をしますと、女性文学の持っていた内面の深さというものがよく見えてきて、エミリーもシャーロットも、あまり違わないという感じがします。

大庭　そのお話は、非常に説得力がありますね。作品が書かれた当時は、そうでないように解釈されて、違うところばかりが読まれていたというようなところがあるのですが、ブロンテ姉妹の当時、読者は男性が多いわけでしょう?

水田 そうですね。まあ女性もいましたけれど、評価を下すという点では、男性のほうがリーダーシップをとっていたということですね。そのために、狂女が作者の分身だなどというところは読めない。一種の男性に対する復讐みたいなところは、怖くて読めないのね。

よく女性は文学批評をしないと言われますが、今まで文学を書いてきた女性というのは、書かれたものの裏がすぐ見えて、インチキであるというのが分かるというか、そういう感性やイマジネーションを、ずっと持っていたような気がします。いつも、テキストの中にさらにテキストを含んでいる形で、物事を書いたり見たりしていたと思うのです。ですから、むしろ批評がなくてよかったのです。

大庭 本当にそうかもしれない。私自身、無意識で書くとか、そういう態度に肩入れしているみたいなところがある。無意識的なものしか認めないところがあって、結果的に、批評というものはどうでもよいと思っています。

水田 現在、フェミニズムの批評が活発にされていますが、そういう批評にのっとって書いた作品が出てきたとしたら、とてもつまらない文学になってしまう。上質の女性文学には、大庭さんの作品もそうですが、「沈黙のテキスト」みたいなものがあって、それをもとに作品を書くというか、批評を超えたところで書いてきたようなところがあります。ですから批評がなかったから、かえってよかったと思うのです。

沈黙は最大の表現

大庭 水田さんの『ヒロインからヒーローへ』は、作品の中の女性の主人公、あるいは女性の書いた作品をずっとたどって、女性の自我というものが、どのように移り変わってきたかを述べていらして、とても説得力がありました。久し振りに、カタルシスというものを感じました。

水田 近代文学を振り返って見たとき、女性にとって、自分を語る自己表現と、恋愛の持っていた意味というのはとても大きかった。この二つに、女性が自我とかいろいろなものを託していたのは、よく分かりますね。ですから女性というのは、書くことによって自分を見つめ、何かを充足してきた。そういうものを衝動にしながら、文学を書いてきたと思うのです。ただ十九世紀のはじめ頃は、社会に進出して社会的な役割を果たすことによって自己充足するという、男性的なパターンが女性にもあったので、表現の形が、単に内面の表現だけでなく、いろいろに広がっていくのですが。こういう状況の中で、本当に自己を表現していくことが、自分のアイデンティティを確立するのだということを、気付いていた女性がいたわけです。たとえば、ヴァージニア・ウルフとか……。そのような女性たちが、書くことによって、もっと大きな意味での女性の性の問題や、性を通じて実存や生命の問題にまで発展していく。この過程が、フェミニズムを経た現在から見て、女性文学が得た、いちばん大きな実りだったのではないかと思います。自己語り、自我への衝動、自立というのは、そのために必要だったのです。

大庭　西洋の男性作家の作品を読んでいると、十九世紀頃でしょうか、ものすごく自我に苦しんで、自我を越えようとしているのが分かります。イプセンにしても、トルストイにしても、皆そうです。十九世紀の作品というのは、ほとんどそうですね。それは二十世紀の現在にまで続いているのですが……。私の若い頃の日本では、家という制度から抜け出すために自我を確立するということが、合言葉のように言われていました。西洋では、いかに自我をのりこえようかと皆がやっきになっていた時期に、日本では自我の確立ということを言い立てていたのです。ですから文学作品も、当然そのような形で出てきました。

水田　宮本百合子の『伸子』も、そのひとつですね。あの作品が当時読まれたのは、女性が性役割から逃れ、離婚し、自立していく過程での悩みを皆が共有しているという、ひとつの基盤があったからだと思うのです。自我への衝動というものがあって、その衝動が共感を呼んだということなのでしょうね。しかし、伸子の悩みとはいったい何だったのか、自我の希求というのがどういうものなのか、そういうことが全くドラマ化されていません。ですから本当は、非常に不満足な作品なのです。

大庭　あの作品の弱さというのは、あの時代の日本の社会制度、つまり家という枠組みがあって、自我の希求といっても、その枠組みの中でしか語られていないということですね。そういうものは、年月が経てば、単に風俗的なひとつの流行に過ぎなくなってしまう、ある種の浅さがあります。ですが、その後の女性の作品では、実存そのものに疑問を提出したものが書かれていますね。

水田　女性文学の場合は、自我の希求というのがいろいろな形であって、それを通じて、もっと深い、複雑な実存に直面していくというプロセスが強くあるのです。そういう意味で、近代文学の必然的な帰着点というのは、女性が到達したものだという気がします。大庭さんの作品も女性の自我の問題から出発しているように思うのですけれど……。『三匹の蟹』には燃焼し切れない自我をかかえた、自己に充足感を持ち得ないでいる女性が描かれています。アラスカという舞台も、自然というよりは、主婦として参加を余儀なくされている外国の社交社会という面のほうが強いでしょう。『霧の旅』では、その主人公の、自己充足を求めての旅が大きく展開して、女性の性の問題に踏みこんで行く。『浦島草』からは、内面を通して、性にいつもからめられている実存の根源へ、また、日本に帰ることを通して、家族や血縁や、人と人とのつながりといった、人間の営みそのものの根源へと深められていっています。『浦島草』がやはりひとつの転機でしょうか。それ以後はさらに広がって行きますね。そのとき、アラスカの自然もますます象徴性を深めてゆく。アラスカだけではなくて、自然と生きとし生けるものの世界に踏みこんで行って……。女性の性はその中心なのですね。

大庭　女性というのは、本当に複雑な部分を、ものすごくたくさん取り込んでいるという感じがあります。

水田　近代文学が、社会の役割からはずれたはぐれ者の文学だとしたら、もともと社会的な役割をあたえられていない女性にとっては、まさに恰好の舞台でありえたわけです。確かに、男性作家にも良い作品はたくさんありますが、どれも皆中途半端な気がするのです。ベケットやカフカにしても、好きな作家ではありますけれど、モダニズム文学の「疎外」は物足りないですね。社会を描いた文学にしても、それから先に進まなかった。広がりというものを感じる作家が、非常に少ないような気がします。彼等は、自分たちが世界を構築できると思い、構築した世界に執着して、納得してしまうところがあります。

大庭　女から見ると、そういうふうに見えますね。

水田　男性が二十世紀につくってきた文学的テキストというのは、とても底が浅く感じます。

大庭　女性にしてみれば当然のことを、今頃やっているという感じがありますね。そんなこと『源氏物語』の昔から、ちゃんとやっているではないか、今頃そんなこと言ってくれなくてもいい（笑）。

水田　女性の作品の中で、沈黙というのは、ひとつのテキストなのですね。例えば円地文子の『女坂』などは、女主人公の沈黙が作品の核になっています。

大庭　沈黙というのは、最大の表現です。

水田　大庭さんの『山姥の微笑』も、表現されない部分が、作品の中のひとつのテキストになっていますね。それは女性という存在の構造そのものというべきものなので、それは言葉を超えているし、また、イタリックで書かれる主人公の独白＝内面をも超えたところでしょう。最近読んだ作品で面白かったのは、増田みず子の『ひとり暮らし』です。息子夫婦たちからも捨てられて、ひとりになった老婆を、周りの団地の人が助けてやろうとするのだけれど、そんなものはいらないと言って、ひとりで暮らすという話です。そこにも最終的には、何も言わない沈黙の部分というのがあって、それが非常に大きな表現になっています。このように見ていきますと、表現に自我を託したり、自己を託したりすることから出発した近代文学が、ひとつのサイクルを終えたような気がします。そういう目で、もう一度女性文学を見直してみると、とても豊かなものを感じるのです。

生成と破壊

大庭　あなたのご本の中にもあったのですが、男性というのは、子供と母親の関係というものを必要以上に神聖視して、その幻想を無理やり女性に押しつけるようなところがありますね。女性が子供を生むということの、肯定的な面だけを女性に押しつけている。ところが女性にとってみれば、子供を持つということは、自分自身が殺されてしまうようなものだということを、身をもって分かっている。そういうことを、いろいろと例をあげて説明していらっしゃいましたね。

水田　いちばん端的な例は、メアリ・シェリーの『フランケンシュタイン』です。この作品は、神に挑戦して人間をつくろうとした科学者の物語として読まれてきましたが、実際には、女性が子供を生むということに対する大きなジョークとして、親の立場からも、子供の立場からも読むことが出来る作品です。メアリの母親のメアリ・ウルストンクラフトというのは十八世紀末のイギリスのフェミニストで、多くの恋人を持ち、父親のいない子供も生んでいますが、メアリを出産したことによって、亡くなってしまいます。そのためにメアリは、世間から冷たく扱われて不幸な人生を送り、自分が生まれたために親を殺してしまったという、宿命みたいなものを感じている。そのような中で、自分はモンスターで、モンスターを生むかもしれない、あるいは自分の子供も死んでしまうかもしれない……。こういう恐怖を抱え続けてきたのです。自分の中のモンスターを生む恐怖、けれどもモンスターとは自分自身なのだから、自己出産しなければ自分は救われないという恐怖。結局メアリは、フランケンシュタインというモンスターを出産したのです。女性というのは、子供を生むということが非常に素晴らしいことであり、同時に恐怖でもあるという二面性を、常に身をもって分かっているのです。

大庭　生成と破壊が共存するという複雑怪奇さ、その実感が、まさに女性の書き手によって表現されているのですね。

水田　そうですね。

女性文学の視点

大庭　女性の側から見ると、男性というのは理念が大好きで、理念の構築には適しているけれども、両極端のものを共存させることに関しては、割合鈍感に見えますね。

水田　何事も二面性を持っているし、その根は重層みたいなものだということを、女性は分かっている。

大庭　我々はそれを理屈ではなく、感性で分かるのですよね。分からないということは、生存の場から遠いところにいるような気がします。日本というのは西洋にくらべて、常に母性の強い内部世界を持ち続けてきたと思うのです。母性というのは、単に肯定的な面ばかりではなくて、破壊と生成といったカオスというか、グロテスクなものを抱き合わせているのですが、そういったものを、日本は文化の底に強く持っていると思いませんか？　これに対して西洋というのは、男性理念の強い世界だったのではないかと思うのですが。

水田　そうですね。

大庭　アメリカに長く住んでいたから、日常的な感じとして分かりますよね。そういう男性理念の強い国に生まれたひとつの象徴というか、ひずみのようなものが、シルヴィア・プラスだと思います。オーブンに頭から突っ込んで死んだ女性詩人ですが、私はあなたがプラスについてお書きになったのを、非常に面白く拝見しました。

水田　プラスの場合も、最後は海とか生命の根源というものに、自分が回帰していくという形を模索しているのですけれどね。

大庭　そこに回帰していくというのは、よく分かります。確かに、たとえば「すべての死んだいとしい人たち」などを見ると、そういうところにたどり着いてはいます。でも水田さんご自身の詩には、自殺してしまったプラスとは違うどこまでも続く生命のうねりが強く感じとれます。「月に変化し、月の楽器を奏でながらすべてを繰り返すのか」というお嬢さんをお生みになったときの希望とも言える絶望の詩、実に共感しながら読んだ記憶があります。

水田　プラスの場合、最終的に海とか自然とかに回帰したくて、そこに意味を持たせようとしたのですけれど、やはり海にも自然にも生命を見出すことができなかった。そこで絶望して、死んでしまったのではないかという気がしています。もし彼女にとって、自然が生命あるものであったら、そこで救われていたかもしれないのに、うまくいかなかったのでしょうね。そこには言葉の問題もあると思うのです。言葉によって自分の世界を構築していく。そのことに対する信頼というのが、西洋の作家には非常に強いですよね。ところが、その言葉というのは、いわゆる象徴領域であって、すでに非常に男性的な領域なのです。結局言葉というのは、男性原理のようなものと結びついていると思うのです。ですからヴァージニア・ウルフもそうですが、内部にある何か分裂したものを、書くことによって統一しようとするのに、結局は破綻してしまう。言葉によって一生懸命に表現しようとしても、いつでも表現しきれないものばかりが見えてくる……。

大庭　西洋理念が生んだ、ひとつの象徴的なことですね。プラスの詩に、出産の恐怖とか、自分が生んだものが立ち向かってくる感じとか、それに殺される感じを表現したものがありますよね。あれは私にもよく分かって、女性でなくては出来ない表現だと思います。にもかかわらず、ちょっと違うなという感じもしたのです。やはり、西洋と東洋の違いなのかもしれませんね。

「家族」を考える

水田　家族というものをどうお考えですか？

大庭　むずかしい質問ですね。過去の大家族主義から現代の核家族へと、社会学的には、家族というものはどんどん変わってきています。その結果、過去に対するセンチメンタルな感情もあるでしょうし、個人が強くなった現在の状況では、もはやかつての大家族主義は不可能だという見方もあるでしょう。ですが私は、そういった社会学的な面から家族をとらえるよりも、むしろ生物学的に考えたほうがいいのではないかと思っています。家族の在り方にしても、生物としての勘に頼って、それに従った方向に行けばいいと思うのです。

水田　そうですね。私も社会学的な在り方よりも、もっと人間としての在り方というものが、もう少し文学の中で考えられてもいいのではないかと思います。日本の作家たちは、家族を考え、追求することが不足していると思うのです。

大庭　明確なものを出したがらないのは日本の体質でし

ょう。

水田　近代の核家族というのは、個人思考というものが基盤になって、男と女の平等な関係があり、恋愛と結婚、子供の誕生があると考えていたわけです。そういう意味で近代家族というのは、女性の自己意識の確立と、対関係というものを充足させるものであったはずなのですが、そんなものは幻想で、実際は自我の修羅場だった。それが分かった時点で、家族からの脱出というようなテーマが出てきたのですが、そこから先がまだ見えてこない。ただ、社会的なものとしか考えられていないのです。

大庭　それは、いちばん怖いところなのでしょうね。つまり、これまでは大家族主義を壊すことを良しとして、壊してきた。ところが壊して核家族になったら、もっと孤独になったりとか、いろいろな現象が出てきてしまった。でも、そのことを直視するのが、まだ怖いのでしょう。私は家族の形態は時代につれて変わってゆくものだと思っていますが、少なくとも今の状態では、異性を交えた濃密なる人間関係というのは、あるほうが自然だと思います。

水田　最近ポスト・ファミリーと言われていますが、そういうことを考えなくてはいけないのは、社会学者ではなくて文学者ですよね。文学者というのは、何らかの形で、意識のフロンティアにこだわっているわけですから。

大庭　もちろんそうです。

水田　近代家族が悪夢だということは分かったし、ひとり暮らしが悪夢だとも分かった。対関係にしても、自我と自我のぶつかり合う「対等」な関係など、悪夢だと分かったわけです。それでも女は男を愛しているし、子供との関係もある。そういったポスト・ファミリーの人間の在り方が、文学の場で考えられていないような気がします。

大庭　そうですか。私は考えているつもりです。考えていないように見えるかもしれませんけれど。

水田　大庭さんはそうですね。しかし一般的には、考えていないという気がします。ですから近代文学は、まだまだ終わっていないと思うのです。近代の文学者たちが家族を解体したのなら、もう少し後始末をしてもいいのではないかと。家族で当たり前だと思っていた感情が、年をとったらどうなってしまうのか、動物のように、ほかの人間などいらなくなってしまうのか、人のつながりというのは、最終的にはどうなってしまうのかなど、いろいろな問題があるわけです。自我というものから始まった近代文学の決着点として、もう少しやってもらってもいいのではないかと思います。

大庭　私たちの世代は、近い過去に家族制度というものに悩まされた経験があるから、その頃のことを思い浮かべて、ああいうことをもう一度やるのは、古くさいと思っているのかもしれません。ただ、今は状況が変わってきているわけですから、そこを積極的に追求することは非常に大切ですよね。そのあたりを多少アグレッシブでもいいから、もっと尖鋭的にやる若い世代が出てくると思います。大きな問題ですから、やらなければならないし、やることによって、文学はフロントの仕事になるのですもの。

ポスト恋愛

水田　アメリカでは最近、若い女性作家が非常に多くて、日常的な私小説みたいなものを書いています。それも、みんなで一緒になってご飯を食べたり寝たりして、表面上は何事もない日常生活だけれど、ちょっと突っ込むと、中はガタガタだという作品が多いのです。私はこれも面白い現象だと思っています。近代家族が幻想であっても、日常生活はちゃんとあるのだから、そこには男との関係も、家族との関係もある。表面だけはテーブル・クロスを替えたり、ご飯を食べたり、一緒にどこかへ出かけたりと、つじつまの合う世界を一生懸命につくって、何とか分裂しないようにしているのです。痛々しい感じがしますけれど、そういった、こぢんまりとしたきれいさというのを、アメリカの現代小説では描いています。

大庭　多くのアメリカ人にとっては、それが真実なのですね。シルヴィア・プラスなどは、そういうことをやって、だめになっては、また気を取り直してテーブル・クロスを替えたりと、その繰り返しという感じです。そして、あるとき耐えきれなくなって、彼女は死んでしまった……。日本の文学の場合、それは部分的には、いろいろな形で出ていると思いますが、もう少し象徴的に表して、それに続く光明が見えてくればいいのですが……。私はあなたと違って批評家ではないので、最近はあまり考えないようにしています。考えるとよくない、理屈で考えるとろくな作品が出来ないので、なるべく考えないで、しようがなしに浮きあがってくるものだけを書こうという態度が強くなってきました。あなたが、いろいろな疑問を提出して下さいましたけれど、そのことに対して積極的に考えることを、保留したいという感じがあるのです。

水田　分析の地図が出来上がってから書くと、まるで後知恵みたいで、作品がつまらなくなりますね。

大庭　考えて書いたものは、ちっとも面白くありません。何だか分からなくて、無意識的にポロッと書いたほうが、結果的に、予感みたいなものが出ます。そういう形になるのを、自然に待とうという感じが私にはあります。

水田　家族の問題だけでなく、恋愛はどうでしょうか。恋愛も近代文学の大きなイデオロギーでしたが、イデオロギーとしての恋愛も今は壊れました。けれども、そのあとのポスト恋愛はどうなっているのか。大庭さんの世界は、それを追求していると思いますが、全般的に女性作家たちに、もっと追求してほしいと思います。家族の問題同様、もう少し近代の後始末をつけてほしいのです。西洋では、プラスなどは恋愛幻想を持っていた人ですが、恋愛のかわりになるものを捜して、うまくいかなくて自殺してしまいました。カナダの作家でマーガレット・アットウッドという人は、宇宙との結婚ということを言っています。男は子供を生むときだけ必要な存在で、子供も宇宙からもらってくるというようにして、恋愛も子供も家族も解決しようというのですが、やはり破綻しているのです。結局、宇宙も少しも夢を持ってこなかった……。

大庭　その宇宙も、プラスの自然のようになってしまったわけですか?

水田　ええ。西欧の作家は往々にして、ひとつのイデオロギーが壊れたあとを、何か別のイデオロギーで埋めようとして、それを母性や自然に求めたり、宇宙に求めたりする。それこそ大騒ぎで捜しまわるのですが、最終的にはあまりうまくいっていないのです。そのあとにでてきたのがミニマリズムみたいなもので、危なっかしい日常生活だけを描いた作品がずっと書かれています。でも、その中間のところはどうなってしまっているのか、なんとなく物足りない気がします。

大庭　そういう時代なのですね。私は、これまで自我だと思っていたものについて、いろいろ考えているのですが……。こういうことは、作品でしか言いたくないのです。舌足らずに、簡単に言わせられてはたまらない(笑)。

(「季刊　フェミナ」8号、学習研究社、一九九〇年初出、『文学批評　女性と表現　女性作家と語る』学校法人城西大学出版会、二〇一四年収録)

対話　漂泊の経験のなかで

水田宗子
北島

翻訳について

水田　最近出た英訳の『Rose of the time』を読みました。今日は、最近の詩作品からいろいろお聞きしたいと思っています。

北島　ちょうど二年前に書いた長篇詩の英訳のプロローグができたところです。五、六百行ほど書いたところで脳梗塞で倒れて書けなくなってしまって、今、回復して九百行くらい書いたところです。これまでの二十年くらいの漂泊の経験と、再び自分に義務というのか、責任を感じるようになった時期のことを書いています。

水田　私もアメリカに長くいて、その後、日本に帰ることになって、それまでのことを書いた『帰路』という詩集があり、通じるところがあります。帰ってくるけれども、一時滞在でまた出ていくという詩集です。帰り道でもあるのですが、帰り着くところはなく、結局は「路上」なのです。

北島さんの最近の詩は、英語に訳されて、読まれることが多いと思います。中国の人は、中国語で読みますけど、北島さんの詩を読む人が世界中に増えるに従って、英語で読まれることが増えます。私も、日本語で読んでいたのが、この頃は英語で読むことが多くなっています。北島さんは、英語に訳された詩についてはどう思われますか。

北島　今まで私の詩は三十以上の言語に翻訳されています。ごく小さい範囲で使われている言語にも訳されています。しかし、私はあらゆる翻訳された言語の中で英語しかわかりません。私の英語の翻訳者はエリオット（Eliot Weinberger）という人で、時に自分の中国語で書いた詩を簡単に英語に直して提示する場合もあります。私はアメリカに十四年間滞在して、そのうち九年間、英語の詩を教えたことによって、英語に親しい感じを持っています。英語以外の翻訳者は、ある意味では、自由にできますよね。私が一切わからないし、関わることができないから。

水田　英語に訳された詩に関しては、自分のオリジナルな作品のように関わるわけですね。

北島　私の英語の能力はそこまでありません。だいたいの意味がわかる程度です。最初に英語で教えていたときは、そんなに話せなかったので、電子辞書を引いて、それで助かったんです。これは秘密の武器ですよって学生に言いました（笑）。

水田　英語で朗読されたことはありますか。

北島　アメリカの多くの都市で朗読したことがありますが、すべてエッセイで、詩を英語で読むことは断っています。やはり自分の母語が一番いいと思っていて、詩は母語でしか朗読しないですね。

水田　私は、アメリカで英語の訳の詩を読んだことがあるんですけど、私の場合は英語が自分の言語に近くなってきていたので、英語で詩を読むときに、自分の詩を読んでいると確信しているわけです。でも、誰かが訳してくれた詩を読むと、かなり違和感があるんですね。他の人が訳してくれた場合は、自分の詩であると同時に翻訳者の作品でもありますから。そうすると読むときの自分の立ち位置と言いますか、気持ちの上でのポジションが難しい。北島さんが英語で自分の詩を読まれたらどんな感じがするか、興味があります。

北島　詩は、私に一番近い存在です。自分の詩が、翻訳はある意味で、現代詩を濾過する過程です。翻訳はある意味で、英語以外の言語に翻訳されると、その言語がまったくわかりませんから、違和感はありますね。

水田　よくわかります。でも、翻訳は大切ですよね。私が北島さんの英語に訳された詩を読みますと、英語のリズムがあって、その流れが日本で読んでいる訳の印象とは違う。英語の詩というのは、伝統的に脚韻、頭韻とか、韻を踏んで、読んだときの言葉の流れを大切にします。英語では、モノローグとか、心の中で思ったり考えているときの言葉の流れをそのまま、詩に使っていくような形が伝統としてもある。ただ、モダニズム的な詩というのは、英語にフィットしないところがあります。北島さんの詩を英語で読むと、非常になめらかで美しい。それも素晴らしいけれども、日本語の訳はもっとオリジナルに近いんじゃないかという気がします。どうでしょうね。

北島　私は日本語がまったく読めませんから、そう言われるとほっとしますね。英語に翻訳されるときに、原作の単語の意味を把握してもらえないことがよくあります。エリオットさんの翻訳がいいのは、この人は耳を持っていると感じるからです。いろんな翻訳者がいますけれども、彼は、オクタビオ・パスやロルカの翻訳者でもある。彼の中国語のレベルはそこまでではないかもしれないけれども、彼の英語の翻訳を読むと、私の母語のリズムに敏感に反応しているように思います。

主体について

水田　もうひとつは、書く主体の問題です。モダニズムの詩は、現代詩の中でも、主体に対して疑問を持ち始めた最初の詩表現だと思います。モダニズム表現の根底をなすのは、自分と世界の間の亀裂の認識です。そのために、自己の存在意識が曖昧になっている。したがって書くことには自己意識によって作られる世界が見えるようにしたい、という衝動があると思うのです。自己が二つの世界に分裂しているのですから、詩の声であるペルソナは、それが語るときから、現実の中の主体の在り方に対する大きな疑問を持っているという形で、西洋でも日本でも展開してきたと思います。そのために物語の中に自分を隠したり、メタファーに託したり、バラッド形式でのように自分ではなく他人を通して語るということもしてきました。

ところが、二十世紀初めのモダニズムは、詩人の主体をうち砕く敵が大きなしかも具体的に見えない存在になってしまって、政府に反対するというよりも、もっと大きな文明的な敵、文化的な体制になってきている、ということがあります。自分というのは、他者があってわかるわけですが、その他者だと思うものが巨大で漠然としている。そうすると、自分を定義できなくなってくる。自分が何なのかわからなくなるというのが、モダニズムの出発点です。「朦朧詩」と言われてきた北島さんたちの詩も、たんに政府に反対しているとか、反論しているというよりも、もっと大きな文化体制というのか、二十世紀を覆っている世界的な状況に対して危機を感じている。そういうところから具体的な改革のメッセージが見えず、意味がわからないと言われているのではないでしょうか。自分を迫害する人間がいることも、自分がいるという状況を超えて、迫害しているのは何かわからない巨大な力だと言えるのです。北島さんの初期の詩というのは、二十世紀のモダニズムの、シュルレアリスムとかダダとか、そういう活動の持っていた文明、文化、人間中心的主体＝自我に対するひとつの根本的な問題意識が明瞭に出ているような気がします。その意味で、世界のモダニズムの先鋭的な作品群の中に、北島さんの作品は位置づけられると考えています。

日本のモダニズムの場合は、戦争がやってくる暗い時代の中で大正時代という西洋に開かれた時期があって、そのときにモダニズムが起きるんですけれども、二十世紀を変えていくであろう、嫌なこわい力、文明の体制への嫌悪感と恐怖を根底に持つ表現だったと思います。

北島さんの場合は、政治的権力を持った体制によって亡命を余儀なくされたわけだから、そこに目に見える他者がいるので、そのことで自分の存在も目に見えて作られるわけですが、外国に出ると、その抑圧している他者がもっと漠然としてくるのではないでしょうか。そういう中で、亡命時代、放浪時代の詩を拝見すると、語る主体が強烈に前面に出ていた作品から、主体がやわらかく、あるときは隠されているような作品へ少しずつ動いている、そういう印象を受けるのですが。それが英語に訳されると、英語は主体がはっきりしていますから、それがあまり明瞭ではないのですが、日本語の場合は、主語が曖昧で、ない場合もある。詩は、私という言葉を使わなくても書けるし、主体も状況によって変わってくる。最近の北島さんの作品を日本語訳で読むと、敵が見えなくなっているような、そしてかえって自分の内面と向き合う要素が強い、だからこそ、主体が大きな問題になっているように感じるのです。

　これは女性詩の場合に、大きな問題でした。女性は、男性があって自らを規定してきました。ですから、ジェンダーの外に出ようとするとき女性は、自分が誰であるかというところから問い始めなければならない。

北島　よく読んでいただいて、ありがとうございます。

　主体の問題は、興味深い、大きな問題です。私はこれまで詩集を作るとき、すべての作品は入れませんでした。失敗作があるからです。今度、二冊の詩集が出るんですけれども、一巻は、一九七二年から一九八九年まで、二巻は、一九九〇年から現在まで、細かく自分で選んで編集したものです。自分で全体を読んでみると、分かれ目がよくわかるんです。まず、天安門事件の八九年になってから、現代詩は、政治と大きく関わっていますので、私にとって運命になっています。家族も突然、政治に分断されてしまった。六年間、家族に会えませんでした。当時、北ヨーロッパに滞在していたとき、本当に孤独で絶望的な時期がありました。同時に、言葉と文化の壁もありました。当時は、苦難の過程でしたけれども、その四年間は私にとって財産となりました。北ヨーロッパから、アメリカ、香港、八か国を点々と亡命生活をしました。そのうち十四年がアメリカ、香港は七年目です。香港も含めて、この二十五年の中で文字で表現できないものがあるんですね。表現できることとできないこと、その表現できないものをどのように表現したらいいか、まだわかりません。

アメリカで

水田　アメリカは、北島さんにとってどんな国でしたか。

北島　アメリカは、一言では言えない複雑なところがあります。いまだにはっきりわかっていない。最初は、その複雑さがわかりませんでしたが、離れてみると、批判的になってきました。民主主義は、もちろん素晴らしいですが、最近の何回かの戦争を見ると、世界の覇権主義の代表者です。私は、アメリカで教えているとき、多くの詩人たちと付き合いましたが、体制に問題があるのではないかと思ったのは、多くの詩人が大学で教えて生活していて、そういう詩人たちは、あまりいい詩を書いていない。それも問題ではないかと思います。アメリカの現代詩の主流は、抒情詩で、問題を提起していないと感じています。

水田　アメリカというのは、自分たちが何であるかを問い続けている国だと言えます。建国以来現在まで、これほど自らを問い続けた国はないんじゃないかと思います。アメリカ文学を見てみると、体制におもねった文学というのはまず見られない。中国とか日本、フランスでは、大統領や首相が詩を作ったり、学者が文化庁長官になったりとか、あるんですよね。そういうふうに、どこかで政治経済体制と文化体制が密接な関係にある。アメリカは、そもそもが反体制的で、作家たちは書くことを運命だと思っている。アメリカ文学の主流を見ていると、どこかはぐれていたり、戦争の犠牲者だったり、貧乏だったり、中西部の田舎で育っていてここを出ていきたいと思っている人であったり、黒人、ユダヤ人の作家とか、そういう人たちが、書いたり表現したりすること以外に自分たちが生きられないという……、そういうアメリカ文学を、アメリカの政治が大嫌いなフランス人が大好きだったりする。私もアメリカに二十数年住みましたけど、アメリカにいると、政治と文学が切り離されている気がする。だから、世界の人たちは、アメリカが嫌いだけど、アメリカ文学は好きなんでしょうね。北島さんは、アメリカで自由だと感じましたか。

北島　もちろん、アメリカは自由だと感じましたけど、自由とは何かと問い続けると、自由とは難しい概念ですね。空洞化した概念とも言える。アメリカは、確かに政治と文学は無関係に見えますよね。それはいいところですが、現代の帝国として、つねに更新されている気がします。アメリカでは、大学で詩を教えたり、書かせたりする授業があるんですが、それには疑問を感じています。誰も詩人にならない。

水田　そうですね。でも、詩を好きな人を作るでしょう。

北島　アメリカの詩歌創作の授業というのは、五〇年代に始まったんですけれども、六〇年代の終わり、七〇年代になりますと、それが一般的になりました。どの大学でもやっています。

水田　映画の授業でも、映画監督になる人は一人いるかいないかですが、でも、映画を好きな人を作るんですね。それがなければ、誰も映画を見ないし、詩を読まなくなります。大学で教えられて詩人や芸術家になることはありえないのですが、アメリカは大体が反文化の社会で、大学だけがかろうじて文化への憧憬を持っているところなのではないでしょうか。

北島　大学で教える人は、中産階級ですよね。その先生に習う生徒は、その先生を見習いますから、そういう人には、いい詩が書けないという悪循環です。そういう面を見ると、マイナスに思いますね。

水田　詩人は食べていけないので、編集者になったりコピーライターになったりしますよね。

北島　私もその一人だったわけだけど、私がアメリカ人の詩人と違ったのは、国際的な詩を教えることができたし、自分がいいと思う詩を教えていました。でも、詩というのは、教えるものではないですね。

水田　それがなければ、誰も詩を読まなくなりますから。

北島さんは、アメリカの滞在以降、自己の主体との苛烈なぎすぎすした関わりから変わってきているような気がするんですね。とくに香港に帰られてからの詩には、どこか北島さんが安心して「愛」という言葉を使うようになっているんじゃないかという気がします。

新しい課題

北島　二十一世紀におけるグローバル化は、さらに複雑になってきて、より危険に感じています。香港という場所も私にとって複雑な場所です。けれども、それを乗り越えて、現代詩の創作を通して現在の生きている環境に対して、新しい疑問を提示したいと思っています。

水田　北島さんが、子どものための詩を選んだり、詩と距離をとるといったことをエッセイに書かれていますが、そのあたりのことと関係があるのでしょうか。世界との関わり方と、もっと言うと関わりへの責任のあり方が、新しいものになっているとか。

北島　今は香港にいて、母語に帰ってきたわけですが、香港国際詩歌祭をやったり、子どもの本を企画したりしているのは、新しい現代詩に対する希望を持ってもらえるようにという責任感をますます持つようになったからです。

今の中国の経済の発展にも、危機感を持っています。長い歴史を見てみれば、政治と経済というのは、あっという間に終わってしまう息の短いものだからです。その意味で、文化、現代詩を多くの人に愛してもらう必要があると感じています。

水田　グローバライゼーションというのは、文化が平坦になりますよね。フラットになる。やっぱり個人、小さな場所で、あるいは場所から書く、それが残るものになっていくのではないでしょうか。

北島さんは、中国に帰りたいと思いますか。

北島　帰りたいかどうか、自分にはわかりません。帰るとしたら、北京ではなくて、もっと静かな場所がいいです。「帰路」は興味深いですが、これは概念であって、本当の「帰路」は存在しないかもしれない。アメリカに住んでいても、地理的には帰路だけど、詩人にとっては精神的なものですね。これは、重要なテーマです。

水田　本当に、切ない程そうですね。

ところで、北島さんが書いているとき、書く主体、生きる主体を男性的なものだと感じていますか。

北島　創作するときは、あまり意識しないのですが、考えてみると、男性的だと思います。恋愛詩を書くときの対象は女性です。女性は水、男性は泥、これは紅楼夢の概念ですが、私にとって女性は理想を示してくれる存在です。

水田　それは、やはり男性的だと感じますし、女性は他者なのだということでしょうか。自分ではない存在の総称としての。女性にとって男性は、初めから他者なんですね。日本の近代文学というのは、男性が身内だと思っていた女性の中に「他者」を見つけるプロセスが明らかです。今は、女性も男性も、他者性を意識していると思いますけれども。女性の自我の形成、生成過程も大変複雑で屈折しています。つきつめると謎ですね。他者は、世界で、謎なのでしょうか。

北島　学術概念としてはわかるんですけれども、詩人としてはよくわからないところがあります。例えば、長篇詩をもうひとつ書くんですけれども、カフカについて書こうと思っています。八九年に亡命してから、カフカについての書籍をたくさん読みました。その頃のことを思い出して、カフカについて書きたい。ユダヤ人についても書きます。カフカは、三人の妹を亡くしていますから。かなり前ですが、パレスチナに招待されて、当時のパレスチナは、イスラエルに囲まれて、戦争寸前だったんですね。ある意味では、他者という概念は分裂して成り立っているのかもしれない。イスラエルのパレスチナに対する、パレスチナのイスラエルに対する、立ち位置によって変わってきます。それを自分の詩に書けたらと思います。

水田　イスラエルは、パレスチナが他者だから、自分たちをイスラエル人だと思っている。逆もそうです。自分を自分だと思わせる存在が他者ということですね。サルトルにも「ユダヤ人というのは存在しない。他の人間がお前はユダヤ人だと言うからユダヤ人なのだ」という意味の有名な言葉があります。カフカは、チェコにいてもチェコ語では書かなかった。ユダヤ街のゲットーは、チェコにもハンガリーにもあったわけですけど、カフカの生きていた形跡はもうどこにもないんですよ。カフカが住んでいたあたりに資料館がありますけど、ユダヤ系の人々というのはあれだけポーランドに影響を与えたのに、出てしまうと跡形もない。他者も姿を変えてしまっています。

北島　とても難しい問題です。私は体力の続く限り、この長篇詩を五十章書きたいと思っています。ここにカフカ、孔子、ギンズバーグ、これまで知り合った人たちも出てきます。ある意味では、他者との対話、他者と他者との関係です。

水田　きっと新しい方向に行かれるんだと思います。詩人としてのご自分に新たな何かを課していらっしゃるんだと。ご自分のこれまでの長い旅について、自分についてもっと掘り下げて、自然に書けるというか。長篇詩の続きも楽しみにしています。

（通訳＝田原、2014.6.10、「現代詩手帖」二〇一四年八月号）

現代詩文庫 223 水田宗子詩集

発行日・二〇一六年五月三十一日

著者・水田宗子

発行者・小田啓之

発行所・株式会社思潮社

〒162-0842 東京都新宿区市谷砂土原町三―十五
電話〇三(三二六七)八一五三(営業)八一四一(編集)八一四二(FAX)

印刷所・三報社印刷株式会社

製本所・三報社印刷株式会社

用紙・王子エフテックス株式会社

ISBN978-4-7837-1001-1 C0392

現代詩文庫 新刊

201 蜂飼耳詩集
202 岸田将幸詩集
203 中尾太一詩集
204 日和聡子詩集
205 田原詩集
206 三角みづ紀詩集
207 尾花仙朔詩集
208 田中佐知詩集
209 続続・高橋睦郎詩集
210 続続・新川和江詩集
211 続・岩田宏詩集
212 江代充詩集
213 貞久秀紀詩集

214 中上哲夫詩集
215 三井葉子詩集
216 平岡敏夫詩集
217 森崎和江詩集
218 境節詩集
219 田中郁子詩集
220 鈴木ユリイカ詩集
221 國峰照子詩集
222 小笠原鳥類詩集
223 水田宗子詩集
224 続・高良留美子詩集
225 有馬敲詩集